Artemis Bibliothek
Anton Tschechow
Von der Liebe

Anton Tschechow

Von der Liebe

Erzählungen
aus den Jahren 1880 bis 1898

Aus dem Russischen neu übersetzt
von Vera Bischitzky, Kay Borowsky,
Barbara Conrad, Ulrike Lange,
Barbara Schaefer und Marianne Wiebe

Artemis & Winkler

Artemis Bibliothek
Herausgegeben von Franz-Heinrich Hackel

Die Deutsche Bibliothek verzeichnet diese Publikation
in der Deutschen Nationalbibliographie;
detaillierte bibliographische Daten sind im Internet
unter http://dnb.ddb.de abrufbar.

Erste Auflage 2006
© dieser Ausgabe 2006 Patmos Verlag GmbH & Co. KG
Artemis & Winkler Verlag, Düsseldorf
Alle Rechte vorbehalten
Umschlagabbildung: Edmund Blair Leigthon »A Favour«
Foto: © Fine Art Photographic Library/CORBIS
Umschlaggestaltung:
Groothuis, Lohfert, Consorten / glcons.de
Druck und Bindung: Clausen & Bosse, Leck
ISBN 3-538-06322-2
www.patmos.de

INHALT

FÜR NICHTS ALS EIN PAAR ÄPFEL

Zwischen dem Pontos Euxeinos und den Solowki-Inseln ist unter entsprechendem Längen- und Breitengrad auf seinem Stück Schwarzerde seit eh und je der Gutsbesitzer Trifon Semjonowitsch zu Haus. Trifon Semjonowitschs Zuname ist lang wie das Wort »Forschungsreisender« und leitet sich her von einem äußerst wohltönenden lateinischen Ausdruck, der eine von Myriaden menschlicher Tugenden bezeichnet. Dreitausend Desjatinen Schwarzerde nennt er sein eigen. Sein Gut aber ist, eben weil es ein Gut ist und er Gutsbesitzer, verpfändet und steht zum Verkauf. Der Verkauf begann bereits zu Zeiten, als Trifon Semjonowitsch noch nicht kahl war, ist bis heute nicht abgeschlossen und kommt wegen der Leichtgläubigkeit der Bank und Trifon Semjonowitschs Gerissenheit schrecklich langsam voran. Die Bank wird wohl eines Tages Bankrott machen, weil Trifon Semjonowitsch, wie andere seines Schlages, deren Name Legion ist, die Rubel nahm, Zinsen aber nicht zahlt, und wenn er hin und wieder zahlt, dann so feierlich, wie gute Menschen ihre Kopeken für das Seelenheil eines Entschlafenen oder den Bau einer Kirche spenden. Wäre diese Welt nicht wie sie ist, sondern würde die Dinge bei ihrem wahren Namen nennen, hieße Trifon Semjonowitsch nicht Trifon

Semjonowitsch, sondern anders; er hieße vermutlich so, wie normalerweise Pferde oder Kühe heißen. Offen gestanden ist Trifon Semjonowitsch ein rechtes Vieh. Ich fordere ihn hiermit selbst auf, sich dieser Meinung anzuschließen. Sollte ihn meine Aufforderung erreichen (hin und wieder liest er die »Libelle«), wird er sich vermutlich nicht entrüsten, sondern mir als verständiger Mensch, der er ist, vollkommen zustimmen und mir wohl noch im Herbst zum Dank, daß ich seinen langen Familiennamen nicht in die Welt hinausposaunt und mich für diesmal lediglich auf Vor- und Vatersnamen beschränkt habe, ein Dutzend Antonow-Äpfel von seinen Besitzungen verehren. Sämtliche Tugenden des Trifon Semjonowitsch zu beschreiben, erspare ich mir, das ist ein zu weites Feld. Um den ganzen Trifon Semjonowitsch zu erfassen, mit Armen und Beinen, müßte man mindestens ebenso lange am Schreibtisch verbringen wie Eugène Sue mit seinem langen und dicken »Ewigen Juden«. Weder auf seine Gaunereien beim Préférance-Spiel noch auf seine Durchtriebenheit will ich eingehen, mit der er es schafft, weder Schulden noch Zinsen zu zahlen, nicht auf seine Übeltaten am Väterchen Popen und am Küster, auch nicht auf seine Ausritte durchs Dorf im Kostüm der Zeiten Kain und Abels. Ich will mich allein auf eine Begebenheit beschränken, die seine Einstellung zu jenen Menschen veranschaulicht, zu deren Lobpreis seine auf ein Dreivierteljahrhundert zurückblickende Erfahrung folgenden Zungenbrecher kreierte: »Bauern-

trampeln, Tölpeln, Tröpfen fehlt der Grips sogar
zum Schröpfen.«

An einem in jeglicher Hinsicht wunderschönen
Morgen (der Vorfall ereignete sich im Spätsommer)
erging sich Trifon Semjonowitsch in den langen und
kurzen Alleen seines üppigen Gartens. Alles, was der
Herr einer Dichterseele eingibt, war von freigebiger
Hand rings umher im Übermaß verstreut, und es
schien, als spräche und sänge es: »Bitte schön, be-
diene dich, oh Mensch! Ergötze dich, bevor der
Herbst beginnt!« Trifon Semjonowitsch jedoch er-
götzte sich mitnichten, da er alles andere als ein
Dichter ist und auf seiner Seele zudem an diesem
Morgen ein besonders grausiger Alpdruck lastete,
wie es immer der Fall war, wenn ihr Herr seine Felle
wegschwimmen sah. Hinter Trifon Semjonowitsch
stolzierte sein treues Faktotum Karpuschka ein-
her, ein etwa sechzigjähriges Männlein, und spähte in
die Runde. Dieser Karpuschka übertrifft unseren
Trifon Semjonowitsch mit seinen Tugenden wohl
noch. Stiefel putzt er auf das vortrefflichste, noch
meisterhafter aber hängt er überzählige Hunde auf.
Er bestiehlt alle und jeden und spioniert wie kein
zweiter. Das ganze Dorf tituliert ihn nie anders als
Opritschnik, was der Schreiber aufgebracht hat.
Kaum ein Tag vergeht, ohne daß sich Bauern oder
Nachbarn bei Trifon Semjonowitsch über Karpusch-
kas Sitten und Gebräuche beklagen. Diese Klagen
aber bleiben wirkungslos, denn Karpuschka ist in
Trifon Semjonowitschs Wirtschaft unersetzlich. Geht

Trifon Semjonowitsch spazieren, nimmt er jedes Mal seinen treuen Karp mit sich: Das ist sicherer und auch amüsanter. Karpuschka trägt einen unerschöpflichen Vorrat an verschiedenartigstem Geschwätz, an Redensarten und Histörchen mit sich herum und zeichnet sich aus durch die Unfähigkeit zu schweigen. Immerfort erzählt er irgend etwas und schweigt nur dann, wenn er etwas Interessantes hört. Am beschriebenen Morgen schritt er hinter seinem Herrn her und erzählte ihm des langen und breiten von zwei Gymnasiasten mit weißen Schirmmützen, die mit Gewehren am Garten entlanggefahren seien und ihn, Karpuschka, beschwatzt hätten, sie zum Jagen in den Garten einzulassen; wie ihn diese beiden Gymnasiasten mit einem halben Rubel verleiten wollten und wie er, sehr genau wissend, wem er diene, den halben Rubel entrüstet zurückgewiesen und Kaschtan und Serko auf die Gymnasiasten losgelassen habe. Nachdem er diese Geschichte beendet hatte, setzte Karpuschka gerade an, in krassen Farben ein Bild vom empörenden Leben des Dorf-Feldschers zu entwerfen, kam aber nicht dazu, da aus dem Dickicht der Apfel- und Birnenbäume ein verdächtiges Geräusch an sein Ohr drang. Karpuschka hielt, nachdem er das Geräusch wahrgenommen hatte, seine Zunge im Zaum, spitzte die Ohren und begann zu lauschen. Als er sich von der Existenz des Geräuschs überzeugt hatte und auch davon, daß dieses Geräusch verdächtig war, zog er seinen Herrn zu Boden und jagte wie ein Pfeil darauf zu. Trifon Semjonowitsch erschauerte wohlig im Vorgefühl eines Skandälchens, rappelte sich auf und trippelte auf seinen gebrechlichen Beinchen geschwind hinter Karpuschka her. Und es lohnte sich …

Am Rande des Gartens stand unter einem alten, ausladenden Apfelbaum ein Bauernmädchen und kaute; ihr zu Füßen kroch ein junger, breitschultriger Bursche auf den Knien umher und sammelte vom Wind herabgefegte Äpfel vom Boden auf; die unreifen warf er in die Büsche, die reifen aber offerierte er seiner Dulcinea liebevoll auf der breiten, grauen Handfläche. Die Dulcinea fürchtete offenbar nicht um ihren Magen und aß ohne Unterlaß und mit großem Appetit einen Apfel nach dem anderen, der Bursche aber vergaß, während er da kroch und sammelte, alles um sich herum und hatte einzig seine Dulcinea im Sinn.

»Reiß doch welche vom Baum ab!« ermunterte ihn das Mädchen flüsternd.

»Hab Angst.«

»Weshalb denn?! Der Opritschnik ist sicher in der Schenke …«

Der Bursche reckte sich, sprang in die Höhe, riß einen Apfel vom Baum und reichte ihn dem Mädchen. Dem Burschen aber und seinem Mädchen gereichte dieser Apfel, wie weiland Adam und Eva, nicht zum Glück. Kaum hatte das Mädchen ein Stück abgebissen und dieses Stück dem Burschen gereicht, kaum hatten sie beide auf ihrer Zunge die scharfe Säure verspürt, als sich ihre Gesichter verzerrten, dann in die Länge zogen und blaß wurden … doch nicht, weil der Apfel sauer war, sondern weil sie vor sich die gestrenge Physiognomie von Trifon Semjonowitsch und die schadenfroh grinsende Fratze von Karpuschka erblickten.

»Seid gegrüßt, meine Täubchen!« sagte Trifon Semjonowitsch und trat auf sie zu. »Aha, ihr eßt Äpfel! Ich störe euch doch nicht etwa?«

Der Bursche zog die Mütze und senkte den Kopf. Das Mädchen begann ihre Schürze zu betrachten.

»Na, Grigori, wie ist das werte Befinden?« wandte sich Trifon Semjonowitsch an den Burschen. »Wie geht's, wie steht's, Jungchen?«

»Ich hab nur einen«, murmelte der Bursche, »und auch den vom Boden …«

»Na Seelchen, und wie geht's dir?« fragte Trifon Semjonowitsch das Mädchen.

Das Mädchen vertiefte sich noch eifriger in die Betrachtung ihrer Schürze.

»Und Hochzeit habt ihr noch nicht gehalten?«

»Noch nicht … Bei Gott, Herr, wir haben doch nur einen, und auch den … also …«

»Schon gut. Bist ein Schatz. Lesen kannst du?«

»Nee … Ich sag doch, bei Gott, Herr, wir haben nur einen und auch den vom Boden.«

»Lesen kannst du nicht, aber stehlen kannst du. Was soll's, ist ja auch nicht schlecht. Man kann schließlich nicht alles können. Geht das schon lange so mit dem Stehlen?«

»Hab ich etwa gestohlen, oder was?«

»Na, und deine liebe Braut«, wandte sich Karpuschka an den Burschen, »was schaut die so kläglich? Liebst sie wohl nicht genug?«

»Schweig still, Karp!« sagte Trifon Semjonowitsch. »Na los, Grigori, erzähl uns ein Märchen…«

Grigori räusperte sich und lächelte verlegen.

»Ich, Herr, kenne keine Märchen«, sagte er. »Glauben Sie denn, ich brauch Ihre Äpfel? Wenn ich welche will, kann ich sie mir kaufen.«

»Freut mich sehr, mein Lieber, daß du viel Geld hast. Na los, erzähl uns schon irgendein Märchen. Ich werde zuhören, Karp wird zuhören, und auch deine Schöne hier wird zuhören. Genier dich nicht, nur Mut! Eine Diebesseele muß mutig sein. Meinst du nicht auch, mein Freund?«

Und Trifon Semjonowitsch richtete seinen höhnischen Blick auf den ertappten Burschen… Dem Burschen trat der Schweiß auf die Stirn.

»Laßt ihn, Herr, doch besser ein Lied singen. Woher soll der Dummkopf denn Märchen kennen?« schnarrte Karpuschka mit seinem garstigen Tenor.

»Schweig still, Karp, soll er ruhig zuerst ein Märchen erzählen. Na los, erzähl schon, mein Lieber!«

»Ich kann nicht.«

»Ach, kannst du nicht? Stehlen aber kannst du? Wie heißt es im achten Gebot?«

»Was fragen Sie mich das? Meinen Sie, ich weiß so was? Bei Gott, Herr, wir haben nur einen Apfel gegessen, und auch den vom Boden…«

»Erzähl ein Märchen!«

Karpuschka begann Brennesseln auszureißen. Der Bursche wußte sehr gut, welchem Zweck die Brennnesseln dienen sollten. Trifon Semjonowitsch übt sich, wie jeder seinesgleichen, in schönster Selbstjustiz. Diebe werden entweder für einen Tag und eine Nacht im Keller eingesperrt oder mit Brennesseln ausgepeitscht. Oder freigelassen, allerdings nicht, ohne sie vorher splitternackt auszuziehen … Ihnen ist das neu? Es gibt aber Menschen und auch Gegenden, für die das gang und gäbe ist und so alltäglich wie ein Leiterwagen. Grigori warf einen scheelen Blick zu den Brennesseln hinüber, zögerte ein wenig, räusperte sich und begann … kein Märchen zu erzählen, sondern sich eines zusammenzuschustern. Ächzend, schwitzend, sich räuspernd und alle Augenblicke schneuzend, fing er zu berichten an, wie es sich einst begab, daß russische Recken die bösen Gerippe bezwangen und schöne Mädchen zum Weib nahmen. Trifon Semjonowitsch stand da, hörte zu und ließ den Erzähler nicht aus den Augen.

»Es reicht!« sagte er, als sich der Bursche schließlich immer mehr verhedderte und nur noch Unsinn von sich gab. »Du erzählst allerliebst, stehlen aber kannst du noch besser. Und nun zu dir, meine Schöne …« wandte er sich an das Mädchen, »sag mal das Vaterunser!«

Die Schöne errötete und sagte kaum hörbar mit stockendem Atem das Vaterunser auf.

»Hm, und wie lautet das achte Gebot?«

»Glauben Sie denn, wir hätten viele genommen,

oder was?« antwortete der Bursche und machte eine resignierende Handbewegung. »Bei meinem Kreuz, wenn Sie's nicht glauben!«

»Schlecht, ihr Herzchen, daß ihr die Gebote nicht kennt. Ich muß euch wohl eine Lehre erteilen. Meine Schöne, hat er dir das Stehlen beigebracht? Was schweigst du, mein Engelchen? Du mußt antworten. So sprich doch! Du schweigst? Schweigen ist ein Zeichen der Zustimmung. Also los, meine Schöne, schlag deinen Liebsten dafür, daß er dir das Stehlen beigebracht hat!«

»Das tue ich nicht«, flüsterte das Mädchen.

»Schlag ihn ein wenig. Dummköpfe muß man eines besseren belehren. Schlag ihn, mein Seelchen! Du willst nicht? Na gut, dann befehle ich Karp und Matwej, dich ein wenig mit Brennesseln ... Du willst nicht?«

»Das tue ich nicht.«

»Karp, komm her!«

Hals über Kopf stürzte das Mädchen zum Burschen und gab ihm eine Ohrfeige. Der Bursche grinste verdutzt und begann zu weinen.

»Toll gemacht, meine Schöne! Und jetzt noch an den Haaren! Na los, mein Seelchen! Du willst nicht? Karp, komm her!«

Das Mädchen packte ihren Bräutigam an den Haaren.

»Nur keine Zurückhaltung, so tut's ihm mehr weh! Zieh ihn hinter dir her!«

Das Mädchen begann ihn zu ziehen. Karpuschka

war außer sich vor Begeisterung, krächzte und brach in schallendes Gelächter aus.

»Es reicht«, sagte Trifon Semjonowitsch. »Ich danke dir, Seelchen, daß du das Böse gezüchtigt hast. Und jetzt«, wandte er sich an den Burschen, »erteile mal deiner Kleinen eine Lehre ... Erst sie dir und jetzt du ihr ...«

»Ideen haben Sie, Herr, bei Gott ... Wofür soll ich sie denn schlagen?«

»Was heißt hier wofür? Sie hat doch dich geschlagen! Dann schlag jetzt sie! Das wird ihr nur zum Vorteil gereichen. Du willst nicht? Das wird nichts nutzen. Karp, ruf Matwej!«

Der Bursche spuckte aus, hüstelte, packte seine Braut beim Zopf und begann, das Böse zu züchtigen. Beim Züchtigen des Bösen geriet er, ohne es selbst zu merken, in Rage. Ekstase erfaßte ihn, und er vergaß, daß es nicht Trifon Semjonowitsch war, den er schlug, sondern seine Braut. Das Mädchen jammerte. Lange schlug er sie. Ich weiß nicht, welches Ende diese ganze Geschichte genommen hätte, wäre nicht Trifon Semjonowitschs reizendes Töchterchen Saschenka aus den Büschen herausgesprungen.

»Papachen, komm zum Tee!« rief Saschenka und brach in helles Gelächter aus, als sie sah, was sich Papachen da ausgedacht hatte.

»Genug!« sagte Trifon Semjonowitsch. »Ihr könnt jetzt gehen, meine Täubchen. Lebt wohl! Zur Hochzeit werde ich euch Äpfel schicken.« Trifon Semjonowitsch verneigte sich tief vor den Gezüchtigten.

Der Bursche und das Mädchen rafften sich auf und machten sich auf den Weg. Der Bursche ging nach rechts, das Mädchen aber nach links und ... waren von Stund an geschiedene Leute. Wäre Saschenka nicht aufgetaucht, hätten der Bursche und das Mädchen zu allem Überfluß auch noch die Brennesseln zu kosten bekommen ... So also ergötzt sich auf seine alten Tage Trifon Semjonowitsch. Und seine Familie ist auch nicht viel besser. Seine Töchter haben die Gewohnheit, Gästen »niederen Ranges« Zwiebeln an die Mützen zu heften, betrunkenen Gästen desselben Ranges aber in Großbuchstaben mit Kreide »Ehsel« und »Dummkopf« auf den Rücken zu schreiben. Und sein Söhnchen Mitja, ein Leutnant außer Dienst, übertraf eines Winters sogar sein Papachen: Gemeinsam mit Karpuschka strich er das Tor eines ehemaligen Soldaten mit Teer ein, weil dieser Soldat sich geweigert hatte, ihm ein Wolfsjunges zu schenken, und auch weil er seine Töchter gegen die Lebkuchen und Pralinen des Herrn Leutnant außer Dienst gewissermaßen immunisiert ...

Nenne einer nach all dem Trifon Semjonowitsch noch Trifon Semjonowitsch!

(Vera Bischitzky)

AUSTERN

Ich brauche mein Gedächtnis nicht sonderlich anzu-
strengen, um mich in allen Einzelheiten an jene
herbstlich verregnete Dämmerung zu erinnern: Ich
stehe mit meinem Vater in einer der belebten Mos-
kauer Straßen und spüre, wie sich allmählich eine
seltsame Krankheit meiner bemächtigt. Weh tut mir
nichts, aber die Beine knicken mir ein, die Worte
bleiben mir im Hals stecken, der Kopf neigt sich
kraftlos zur Seite... Offenbar bin ich kurz davor, zu
fallen und das Bewußtsein zu verlieren.

Würde ich in diesem Augenblick in ein Krankenhaus eingeliefert, die Ärzte müßten »fames« auf
meine Tafel schreiben – eine Krankheit, die es in den
Lehrbüchern der Medizin nicht gibt.

Neben mir auf dem Trottoir steht mein Vater in
seinem abgetragenen Sommermantel und der ge-
wirkten Mütze, aus der ein weißes Wattestückchen
heraussteht. Vater trägt große, schwere Gummi-
schuhe und hat sich aus Eitelkeit und damit die
Leute bloß nicht merken, daß er die Schuhe an den
nackten Füßen trägt, alte Stiefelschäfte über die
Schenkel gezogen.

Dieser arme törichte Kauz, den ich um so mehr
liebe, je abgerissener und schmutziger sein stutzer-
hafter Sommermantel wird, ist vor fünf Monaten in

die Hauptstadt gekommen, um sich eine Stelle als Schreiber zu suchen. All die fünf Monate ist er durch die Stadt gezogen, hat nach Arbeit gefragt und erst heute beschlossen, auf die Straße zu gehen und um Almosen zu betteln...

Gegenüber steht ein großes dreistöckiges Haus mit einem blauen Schild: »Gasthaus«. Mein Kopf ist ein wenig schief nach hinten geneigt, unwillkürlich blicke ich nach oben, in die erleuchteten Fenster. Dort tauchen immer wieder menschliche Gestalten kurz auf. Man sieht die rechte Seite eines Orchestrions, zwei Öldrucke, Hängelampen... Ich starre in eines der Fenster und bemerke einen weißen Fleck. Er bewegt sich nicht und hebt sich geradlinig und scharf vom allgemeinen dunkelbraunen Hintergrund ab. Mit großer Anstrengung erkenne ich eine weiße Wandtafel, auf der etwas geschrieben steht, aber was – das ist nicht auszumachen...

Eine halbe Stunde kann ich den Blick nicht von der Tafel wenden. Das Weiße lockt mich, hypnotisiert geradezu mein Gehirn. Ich bemühe mich, das Geschriebene zu lesen – vergeblich. Zu guter Letzt tritt die seltsame Krankheit in ihre Rechte.

Der Lärm der Kutschen erscheint mir mehr und mehr wie Donner, in dem Gestank der Straße unterscheide ich Tausende Gerüche, und meine Augen sehen in den Gasthauslampen und den Straßenlaternen blendende Blitze. Meine fünf Sinne sind angespannt und übermäßig empfindlich. Ich beginne zu sehen, was ich früher nie gesehen habe.

Austern … entziffere ich auf der Tafel.

Merkwürdiges Wort! Da habe ich genau acht Jahre und drei Monate auf dieser Erde gelebt, aber so ein Wort noch nie gehört. Was es wohl bedeutet? Ist es vielleicht der Name des Gastwirts? Aber die Schilder mit den Namen hängt man doch außen vor die Tür, nicht an die Wand!

»Papa, was bedeutet Austern?« frage ich mit heiserer Stimme und wende mit großer Mühe das Gesicht zu meinem Vater.

Der hört es nicht. Er starrt auf die Bewegungen der Menschenmenge und folgt jedem Passanten mit dem Blick… An seinen Augen sehe ich, daß er den Leuten etwas sagen möchte, doch das fatale Wort hängt wie ein schweres Gewicht an seinen zitternden Lippen und kann sich einfach nicht losreißen. Einem Passanten ist er sogar nachgelaufen und hat ihn am Ärmel gezupft, aber als der Mann sich umdrehte, sagte er »Verzeihung« und wich verwirrt zurück.

»Papa, was bedeutet Austern?« frage ich noch einmal.

»Das ist so ein Tier… lebt im Meer…«

Augenblicklich stelle ich mir dieses unbekannte Meerestier vor. Es muß so ein Mittelding zwischen Fisch und Krebs sein. Und weil es ein Meerestier ist, bereitet man daraus natürlich eine äußerst schmackhafte heiße Fischsuppe, mit duftendem Pfeffer und Lorbeerblatt, eine säuerliche Speise mit Knörpelchen, auch Krebssoße, oder etwas Kaltes mit Meerrettich… Lebhaft male ich mir aus, wie man dieses

Tier vom Markt bringt, rasch säubert und in einen Topf steckt … schnell, schnell, weil alle sehr hungrig sind … furchtbar hungrig! Aus der Küche duftet es nach gebratenem Fisch und Krebssuppe.

Ich spüre, wie dieser Duft meinen Gaumen, meine Nase kitzelt, wie er sich allmählich meines ganzen Körpers bemächtigt … Das Gasthaus, der Vater, die weiße Tafel, meine Ärmel – alles strömt diesen Geruch aus, duftet so stark, daß ich zu kauen beginne. Ich kaue und schlucke, als läge tatsächlich ein Stückchen von diesem Meerestier in meinem Mund …

Meine Beine biegen sich vor Hochgenuß, den ich verspüre, und um nicht hinzufallen, packe ich Vater am Ärmel und schmiege mich an seinen feuchten Sommermantel. Vater zittert und krümmt sich zusammen. Er friert …

»Papa, sind Austern eine Fastenspeise oder nicht?« frage ich.

»Man ißt sie lebend …«, sagt Vater. »Sie stecken in Muschelschalen wie Schildkröten, aber … aus zwei Hälften.«

Augenblicklich hört der wunderbare Duft auf, meinen Körper zu reizen, die Illusion verschwindet … Jetzt verstehe ich alles!

»Wie eklig«, flüstere ich, »wie eklig!«

Das also bedeutet Austern! Ich stelle mir ein Tier vor, so ähnlich wie ein Frosch. Der Frosch sitzt in einer Muschel, schaut mit großen glänzenden Augen heraus und bewegt seine abscheulichen Kiefer. Ich stelle mir vor, wie man dieses Tier in der Muschel, mit den Scheren, den glänzenden Augen und der glitschigen Haut vom Markt`bringt... Die Kinder verstecken sich alle, und die Köchin, die angeekelt die Stirn runzelt, packt das Tier bei den Scheren, legt es auf einen Teller und trägt es in die Gaststube. Die Erwachsenen nehmen es und essen... essen es lebendig, mit den Augen, den Zähnen, den Pfoten! Und es piepst und versucht sie in die Lippe zu beißen...

Ich verziehe das Gesicht, aber... aber warum beginnen meine Zähne zu kauen? Das Tier ist doch garstig, widerlich, schrecklich, aber ich esse es, esse gierig, voller Angst vor seinem Geschmack und Geruch. Das eine Tier ist aufgegessen, aber schon sehe ich die glänzenden Augen eines zweiten, eines dritten... Ich esse auch sie... Schließlich esse ich die Serviette, den Teller, Vaters Stiefelschäfte, die weiße Tafel... Ich esse alles, was mir unter die Augen kommt, weil ich spüre, daß nur vom Essen meine Krankheit vergeht. Die Austern blicken schrecklich aus ihren Augen, sie sind abscheulich, ich zittere, wenn ich nur an sie denke, aber ich will essen! Essen!

»Gebt Austern! Gebt mir Austern!« Der Schrei löst sich aus meiner Brust, und ich strecke die Hände vor.

»Meine Herren, helfen Sie mir!« höre ich zur selben Zeit die dumpfe, unterdrückte Stimme meines Vaters. »Es ist mir peinlich zu bitten, aber – mein Gott! – ich kann nicht mehr!«

»Gebt mir Austern!« schreie ich und zerre an Vaters Rockschoß.

»Magst du denn Austern? So ein kleiner Junge!« Ich höre Gelächter neben mir.

Vor uns stehen zwei Herren in Zylinder und schauen mir lachend ins Gesicht.

»Du kleiner Kerl ißt Austern? Wirklich? Das ist interessant! Und wie ißt du sie?«

Ich erinnere mich, wie mich eine starke Hand in das erleuchtete Gasthaus zieht. Und sogleich sammelt sich eine Menschenmenge um mich und sieht mich neugierig und lachend an. Ich sitze am Tisch und esse etwas Glitschiges, Salziges, das feucht und schimmelig schmeckt. Ich esse gierig, ohne zu kauen, ohne hinzusehen und mich darum zu kümmern, was ich esse. Mir scheint, wenn ich nur die Augen öffne, dann sehe ich bestimmt die glänzenden Augen, die Scheren und die scharfen Zähne…

Plötzlich beginne ich etwas Hartes zu kauen. Man hört es knirschen.

»Haha! Er ißt die Schale!« Die Menge lacht. »So ein Dummkopf, wie kann man die nur essen?«

Danach erinnere ich mich an den schrecklichen Durst. Ich liege im Bett und kann nicht einschlafen vor Sodbrennen und wegen des seltsamen Geschmacks, der mir im Mund brennt. Mein Vater geht von einer Zimmerecke in die andere und gestikuliert mit den Armen.

»Ich habe mich wohl erkältet«, murmelt er. »Ich spüre so etwas im Kopf… Als ob mir jemand darin säße. Aber vielleicht kommt das davon, daß ich nicht... daß ich... heute nicht gegessen habe... Ich bin doch wirklich ein komischer, dummer... Sehe, wie diese Herren zehn Rubel für die Austern zahlen, warum bin ich nicht zu ihnen und habe mir bei ihnen etwas... geliehen? Sie hätten es mir sicher gegeben.«

Gegen Morgen schlafe ich ein, und ich träume von einem Frosch mit Scheren, der in einer Muschel sitzt und die Augen verdreht. Mittags wache ich auf vor Durst und suche mit dem Blick nach meinem Vater: Er läuft noch immer herum und gestikuliert...

(Barbara Conrad)

DER ÜBELTÄTER

Vor dem Untersuchungsrichter steht ein kleiner, außerordentlich magerer, armseliger Mann in buntgestreiftem Leinenhemd und geflickten Hosen. Sein behaartes und von Blatternarben zerfressenes Gesicht und die Augen, die unter den buschigen Brauen kaum zu sehen sind, drücken finstere Strenge aus. Auf dem Kopf hat er einen Wust ewig nicht mehr gekämmter, wirrer Haare, was den Eindruck rauher Spinnenhaftigkeit noch verstärkt. Er ist barfuß.

»Denis Grigorjew!« beginnt der Untersuchungsrichter. »Tritt näher und antworte auf meine Fragen. Am siebten dieses Juli hat dich der Bahnwärter Iwan Semjonow Akinfow morgens beim Abschreiten der Strecke an der 141. Werst beim Losschrauben einer Mutter erwischt, mit der die Gleise an den Schwellen befestigt sind. Hier, diese Mutter! ... Mit der er dich auch festgenommen hat. War das so?«

»Was?«

»War das alles so, wie Akinfow angibt?«

»Klar, so war's.«

»Gut. Na, und wozu hast du die Mutter abgeschraubt?«

»Was?«

»Hör jetzt auf mit deinem ›Was‹ und beantworte meine Frage: Wozu hast du die Mutter abgeschraubt?«

»Wenn ich sie nicht gebraucht hätte, hätt ich sie nicht abgeschraubt«, krächzt Denis und blinzelt zur Decke.

»Wozu brauchtest du denn diese Mutter?«

»Die Mutter da? Wir machen Senkbleie aus Muttern ...«

»Wer ist ›Wir‹?«

»Wir, die Leute ... also, die Männer von Klimowo.«

»Hör mal, mein Lieber, spiel mir hier nicht den Idioten vor, sondern rede vernünftig. Hier gibt es nichts von Senkbleien zu schwindeln!«

»Nie im Leben hab ich gelogen, aber hier soll ich schwindeln ...« murmelt Denis und zwinkert. »Ja geht's denn ohne Senkblei, Euer Wohlgeborn? Wenn du einen kleinen Fisch oder eine Larve an den Haken steckst, geht der auf den Grund ohne Senkblei? Aber ich soll schwindeln ...« Denis grinst. »Steckt wohl der Teufel drin, im Fischchen, wenn es nur oben schwimmt! Der Flußbarsch, der Hecht, die Trüsche, die sind immer am Grund, wenn nämlich einer oben schwimmt, dann packt ihn bloß der Rapfen, aber der ist selten ... In unserm Fluß gibt's keine Rapfen ... Dieser Fisch hat gern mehr Raum.«

»Wozu erzählst du mir vom Rapfen?«

»Was? Aber Ihr fragt doch selber! Bei uns angeln auch die Herrschaften so. Selbst der allerletzte Schlingel angelt dir nicht ohne Senkblei. Klar, wer nichts davon versteht, der geht eben auch ohne Senkblei angeln. Der Dumme lernt nie ...«

»Du sagst also, daß du diese Mutter losgeschraubt hast, um daraus ein Senkblei zu machen?«

»Was sonst? Doch nicht zum Knöchelspiel!«

»Aber für ein Senkblei hättest du Blei nehmen können, eine Kugel … oder einen Nagel …«

»Blei liegt nicht auf der Straße, Blei muß man kaufen, und ein Nagel, das taugt nicht. Bessres als eine Mutter findst du nicht … Die ist schwer und hat ein Loch.«

»Wieder spielt er mir den Dummkopf vor! Als wäre er gestern geboren oder vom Himmel gefallen. Begreifst du denn nicht, Dummschädel, wozu dieses Losschrauben führt? Hätte der Wärter nicht aufgepaßt, dann hätte doch der Zug entgleisen können, es hätte Leute getötet! Du hättest Menschen getötet!«

»Da sei Gott vor, Euer Wohlgeborn! Weshalb töten? Wir sind doch keine Ungläubigen oder sonst Bösewichter! Gott sei Dank, guter Herr, wir haben immer so gelebt, haben niemand getötet, haben nicht einmal so einen Gedanken im Kopf gehabt … Die Himmelskönigin steh uns bei und sei uns gnädig … Was Ihr bloß redet!«

»Und weshalb, glaubst du, passieren Eisenbahnunglücke? Schraub zwei, drei Muttern los, und schon hast du das Unglück!«

Denis grinst und zwinkert dem Untersuchungsrichter ungläubig zu.

»Na, also! Soviel Jahre schrauben wir alle im Dorf die Muttern los und Gott hat uns behütet, und da redet Ihr von Unglück … Menschen getötet … Hätt ich ein Gleis weggeschleppt, oder, sagen wir mal, einen Holzklotz da über die Strecke gelegt, dann hätt's den Zug wohl weggerissen, aber so. Eine Mutter!«

»So versteh endlich, mit diesen Muttern wird das Gleis an den Schwellen befestigt!«

»Das wissen wir doch ... Wir schrauben ja auch nicht alle ab ... lassen welche stehen ... nicht ohne Verstand machen wir das ... wissen doch ...«

Denis gähnt und bekreuzigt seinen Mund.

»Letztes Jahr ist hier ein Zug entgleist«, sagt der Untersuchungsrichter. »Jetzt ist klar, weshalb ...«

»Wie belieben?«

»Ich sage, jetzt ist klar, weshalb im vergangenen Jahr der Zug entgleist ist ... Jetzt kann ich es verstehen!«

»Dafür seid Ihr auch gebildet, daß Ihr versteht, unsere Wohltäter ... Der Herrgott weiß, wem er Verstand gibt ... Ihr habt eben nachgedacht, wie und was, aber der Bahnwärter, der ist doch ein Kerl ohne jeden Verstand, packt mich beim Kragen und schleppt mich weg ... Denk erst mal nach, dann kannst du wegschleppen! Man sagt ja – ein Dummkopf hat eben einen dummen Kopf ... Und schreibt auf, Euer Wohlgeborn, daß er mich zweimal über den Mund geschlagen hat und vor die Brust.«

»Als sie bei dir eine Durchsuchung machten, fanden sie noch eine Mutter ... Wo hast du die losgeschraubt und wann?«

»Ihr meint die Mutter, die unter der kleinen roten Truhe gelegen hat?«

»Ich weiß nicht, wo sie bei dir gelegen hat, jeden-falls hat man sie gefunden. Wann hast du sie losge-schraubt?«

»Ich hab sie nicht losgeschraubt. Die hat mir Ig-naschka gegeben, der Sohn vom einäugigen Semjon. Also die, die unter der Truhe war. Aber die im Hof im Schlitten war, die hab ich zusammen mit Mitrofan abgeschraubt.«

»Mit welchem Mitrofan?«

»Mit Mitrofan Petrow... Noch nie gehört? Der macht bei uns die Fischnetze und verkauft sie an die Herrschaften. Er braucht viel von diesen Muttern. Für jedes Fischnetz so Stücker zehn...«

»Hör jetzt zu... Artikel 1081 des Strafgesetzes be-sagt, daß für jede bewußt herbeigeführte Beschä-digung der Eisenbahn, wenn dadurch der auf diesem Wege erfolgende Verkehr einer Gefahr ausgesetzt wird und der Beschuldigte wußte, daß die Folge sei-nes Handelns ein Unglück sein könnte ... kapiert? Du hast es gewußt! Und mußtest wissen, wozu dieses Losschrauben führt ... der wird zu Deportation und Zwangsarbeit verurteilt.«

»Ja natürlich, Ihr wißt es besser... Wir sind ja un-wissend ... verstehen wir denn was?«

»Alles verstehst du! Du lügst doch, machst mir was vor!«

»Weshalb lügen? Fragt nur im Dorf, wenn Ihr's nicht glaubt... Ohne Senkblei fängt man bloß Weiß-fisch, und der ist viel schlechter als Gründling, aber auch der geht dir nicht ohne Senkblei.«

»Du erzähl mir noch vom Rapfen!« sagt der Untersuchungsrichter lächelnd.

»Rapfen gibt's bei uns nicht … wenn wir die Leine ohne Senkblei auf dem Wasser am Schwimmer lassen, kommt der Döbel, aber auch selten.«

»Halt den Mund …«

Es folgt Schweigen. Denis tritt von einem Fuß auf den anderen, blickt auf den Tisch mit dem grünen Tuch und blinzelt angestrengt, als sähe er vor sich nicht das Tuch, sondern die Sonne. Der Untersuchungsrichter schreibt schnell etwas auf.

»Kann ich gehen?« fragt Denis nach einigem Schweigen.

»Nein. Ich muß dich in Arrest nehmen und ins Gefängnis stecken.«

Denis hört auf zu zwinkern, hebt die buschigen Augenbrauen und blickt fragend auf den Beamten.

»Das heißt, wieso ins Gefängnis? Euer Wohlgeborn! Ich hab keine Zeit, muß auf den Markt; von Jegor hab ich drei Rubel für Speck zu kriegen …«

»Schweig, stör nicht.«

»Ins Gefängnis … Wenn's für was wäre, ging ich ja, aber so einfach … da lebst du ordentlich … Wofür? Hab scheint's nicht gestohlen, mich nicht geprügelt … Aber wenn Ihr wegen der Rückstände zweifelt, Euer Wohlgeborn, dann glaubt nicht dem Starosta … Ihr müßt den Herrn Geschworenen fragen … Ist nämlich ein Gauner, der Starosta …«

»Schweig!«

»Ich schweig schon …« murmelt Denis. »Aber daß

der Starosta gelogen hat bei der Abrechnung, das könnt ich auch unter Eid ... Wir sind drei Brüder: Kusma Grigorjew nämlich, Jegor Grigorjew und ich, Denis Grigorjew ...«

»Du störst mich ... He, Semjon!« ruft der Untersuchungsrichter. »Bring ihn weg!«

»Wir sind drei Brüder«, murmelt Denis, als zwei kräftige Soldaten ihn packen und aus der Gerichtsstube führen. »Der Bruder ist kein Bürge für den Bruder ... Kusma zahlt nicht, aber du, Denis, bürg für ihn ... das sind mir Richter! Unser seliger Herr, der General, ist tot, das Himmelreich, der hätt's Euch Richtern gezeigt ... Richten, das muß man verstehen, nicht für gar nichts ... Von mir aus peitsch mich aus, aber daß es für was ist, nach bestem Wissen ...«

(Barbara Conrad)

UNTEROFFIZIER PRISCHIBEJEW

»Unteroffizier Prischibejew! Sie werden beschuldigt, am dritten September dieses Jahres den Dorfpolizisten Shigin, den Bezirkshauptmann Aljapow, den Hilfspolizisten Jefimow, die Zeugen Iwanow und Gawrilow sowie sechs weitere Bauern beleidigt und tätlich angegriffen zu haben, die drei ersterwähnten zudem bei der Ausübung ihrer Dienstpflichten. Bekennen Sie sich schuldig?«

Prischibejew, ein Unteroffizier mit runzligem Gesicht und Bartstoppeln, legt die Hände an die Hosennaht und erwidert mit heiserer, erstickter Stimme, wobei er jedes Wort scharf akzentuiert ausspricht, so als gebe er Kommandos:

»Euer Hochwohlgeboren, Herr Friedensrichter! Also nach allen Paragraphen des Gesetzes muß man jeden Sachverhalt von zwei Seiten betrachten. Schuldig bin nicht ich, sondern all die anderen. Das Ganze ist nur wegen der – Gott hab sie selig – toten Leiche passiert. Da geh ich am Dritten ruhig und friedlich mit meiner Frau Anfisa spazieren, und was seh ich – am Ufer steht ein Haufen von allen möglichen Leuten. Mit welchem Recht hat sich hier dieses Volk versammelt, frage ich. Weshalb? Steht denn im Gesetz etwas davon, daß das Volk in Herden in der Gegend herumziehen soll? Ich schreie: Auseinander! Fange an, die Leute auseinanderzutreiben, und damit sie sich nach Hause verziehen, hab ich dem Hilfspolizisten befohlen, sie mit Schlägen ins Genick zu verscheuchen …«

»Erlauben Sie, Sie sind weder Dorfpolizist noch Dorfvorsteher – ist es denn an Ihnen, die Leute auseinanderzutreiben?«

»Das geht ihn gar nichts an! Das geht ihn gar nichts an!« sind Stimmen aus allen Ecken des Verhandlungssaals zu vernehmen. »Das is ja kein Leben mit dem da, Euer Hochwohlgeboren! Schon fünfzehn Jahr haben wir unter ihm zu leiden! Seitdem er vom Militärdienst ins Dorf zurückgekehrt ist, würde man am liebsten davonlaufen. Alle hat er schikaniert!«

»Ganz genau, Euer Hochwohlgeboren!« sagt der Dorfvorsteher, der als Zeuge auftritt. »Wir beschweren uns überall. Mit ihm auszukommen ist unmöglich! Ob bei einer Prozession mit den Heiligenbildern, ob bei einer Hochzeit oder, angenommen, bei irgendwas anderem, überall brüllt er rum, tobt, setzt seine Ordnung durch. Den Kindern zieht er die Ohren lang, den Weibern schnüffelt er hinterher, damit sie ja nichts anstellen – als ob er ihr Schwiegervater wär … Neulich ist er bei allen Bauern rumgegangen, hat verboten, Lieder zu singen und Licht anzuzünden. ›Es gibt kein Gesetz‹, sagt er, ›das erlaubt, Lieder zu singen.‹«

»Warten Sie. Sie können Ihre Aussage später noch machen«, sagt der Friedensrichter, »aber jetzt soll

Prischibejew fortfahren. Fahren Sie fort, Prischibejew!«

»Zu Befehl«, erwidert der Unteroffizier mit heiserer Stimme. »Sie, Euer Hochwohlgeboren, belieben zu sagen, daß es nicht an mir ist, das Volk auseinanderzutreiben ... Gut ... Aber wenn Unordnung herrscht? Kann man denn einfach tatenlos zuschauen, wenn das Volk sich danebenbenimmt? Wo steht denn im Gesetz geschrieben, daß das Volk machen darf, was es will? Ich kann das nicht hinnehmen. Wenn ich die Leute nicht auseinandertreibe und bestrafe, wer dann? Niemand kennt die richtigen Vorschriften, im ganzen Dorf nur ich allein, kann man wohl sagen, Euer Hochwohlgeboren, ich weiß, wie man mit Leuten von einfachem Stand umgeht, und ich, Euer Hochwohlgeboren, bin in der Lage, alles zu verstehen. Ich bin kein Bauer, ich bin Unteroffizier, ehemaliger Waffenwart, hab in Warschau beim Stab gedient, und nach meinem Abschied, belieben zu wissen, war ich bei der Feuerwehr, und nachdem ich die Feuerwehr aufgrund meiner schwachen Gesundheit verlassen hab, war ich zwei Jahre Hausmeister im humanistischen Progymnasium für Jungen ... Ich kenn alle Vorschriften. Aber der Bauer ist ein einfacher Mensch, er kapiert nichts und muß auf mich hören, weil das nur zu seinem Vorteil ist. Nehmen wir doch beispielsweise diese Sache ... Ich treibe das Volk auseinander, und im Sand am Ufer liegt die ertrunkene Leiche eines toten Mannes. Aus was für einem Grund, frage ich, liegt der da? Ist das etwa in

Ordnung? Was hat der Dorfpolizist da zu glotzen? ›Weshalb‹, sag ich zu ihm, ›meldest du als Polizist das nicht der Obrigkeit? Vielleicht ist dieser ertrunkene Tote von selbst ertrunken, aber vielleicht riecht die Sache hier auch nach Sibirien. Vielleicht handelt es sich hier um einen kriminellen Totschlag …‹ Aber dem Dorfpolizisten Shigin ist das vollkommen schnuppe, der raucht nur sein Zigarettchen. ›Was habt ihr da‹, sagt er, ›für einen Schulmeister? Wo habt ihr den denn aufgegabelt?‹ sagt er. ›Als ob wir nicht ohne ihn wüßten‹, sagt er, ›wie wir uns zu benehmen haben.‹ ›Demnach‹, sag ich, ›weißt du's nicht, du Dummkopf, wenn du hier nur rumstehst und dir das Ganze völlig schnuppe ist.‹ ›Ich‹, sagt er, ›hab's noch gestern dem Polizeihauptmann gemeldet.‹ ›Wozu denn‹, frag ich, ›dem Polizeihauptmann? Laut welchem Gesetzesparagraphen? Kann denn in solchen Fällen, wie bei einem Ertrunkenen oder Erdrosselten und dergleichen mehr, kann denn in solchen Fällen der Polizeihauptmann da was machen? Hier‹, sag ich, ›handelt es sich um eine Straftat, eine zivilrechtliche … Hier‹, sag ich, ›muß man schnellstens eine Meldung an den Herrn Untersuchungsrichter und an die Herren Richter schicken. Und als allererstes mußt du‹, sag ich, ›ein Protokoll aufnehmen und dem Friedensrichter schicken.‹ Aber er, der Dorfpolizist, hört sich das alles an und lacht. Und die Bauern auch. Alle haben gelacht, Euer Hochwohlgeboren. Das kann ich beschwören. Und der hat gelacht und der da, und Shigin hat gelacht. ›Was‹, sag ich, ›grinst ihr so?‹ Und der Dorfpolizist sagt noch: ›Der Friedensrichter ist für solche Dinge nicht zuständig.‹ Von diesen Worten ist mir ganz heiß geworden. Dorfpolizist, das war's doch, was du gesagt hast?« wendet sich Prischibejew an den Dorfpolizisten Shigin.

»Ja, hab ich.«

»Alle haben gehört, wie du das vor all den Leuten gesagt hast: ›Der Friedensrichter ist für solche Dinge nicht zuständig.‹ Alle haben gehört, wie du das da … Mir, Euer Hochwohlgeboren, ist ganz heiß geworden, ich war fix und fertig. ›Wiederhol das‹, sag ich, ›wiederhol das, du Dingsbums, was du da gesagt hast!‹ Er wieder dieselben Worte … Ich geh auf ihn zu. ›Wie kannst du‹, sag ich, ›so vom Herrn Friedensrichter sprechen? Du, ein Polizeibeamter, bist gegen die Obrigkeit? Hm? Aber weißt du denn‹, sag ich, ›daß der Herr Friedensrichter, wenn er will, dich für solche Worte und aufgrund deines unzuverlässigen Verhaltens vor die Gouvernementsgendarmerieverwaltung bringen kann? Und weißt du‹, sag ich, ›wohin dich der Herr Friedensrichter für solch politische Worte schicken kann?‹ Und der Polizeihauptmann gibt als Antwort: ›Der Friedensrichter kann über seinen Kompetenzbereich hinaus nichts unternehmen. Nur für kleine Vergehen ist er zuständig.‹ So hat er gesagt, alle haben's gehört … ›Wie‹, sag ich, ›kannst du es wagen, die Obrigkeit zu beleidigen? Nun‹, sag ich, ›mit mir treibst du keine Späße, sonst, mein Freundchen, geht's dir schlecht.‹ Früher in

Warschau, oder als ich noch Hausmeister in dem humanistischen Progymnasium für Jungen war, da hab ich, wenn ich unflätige Worte gehört hab, hinaus auf die Straße geschaut, ob ich nicht einen Gendarm sehe. ›Junger Mann‹, sag ich zu ihm, ›komm mal her‹ – und hab ihm dann alles gemeldet. Aber hier auf dem Dorf, wem soll man da was melden? ... Mich hat die Wut gepackt. Es war beleidigend, mitanzuschauen, wie sich das Volk heutzutage vergessen hat und so eigensinnig und ungehorsam geworden ist, ich hab zum Schlag ausgeholt und ... natürlich nicht fest, sondern wie's sich gehört und nur sachte, damit er sich nicht mehr untersteht, über Euer Hochwohlgeboren so zu sprechen ... Der Dorfpolizist hat für den Dorfvorsteher Partei ergriffen. Also hab ich auch dem Dorfpolizisten ... Und so ist es losgegangen ... Ich bin wütend geworden, Euer Hochwohlgeboren, aber es geht doch nicht ohne Prügel. Wenn du einen Idioten nicht verprügelst, lädst du Schuld auf deine Seele. Besonders, wenn es um eine Sache ... um Unordnung geht ...«

»Erlauben Sie mal! Um die Unordnung kümmert sich doch jemand. Dafür sind der Dorfpolizist, der Dorfvorsteher und der Polizeihauptmann da ...«

»Der Dorfpolizist kann sich nicht um alles kümmern, und außerdem versteht er nicht so viel wie ich ...«

»Aber so begreifen Sie doch, daß Sie das nichts angeht!«

»Was? Wieso geht mich das nichts an? Sonderbar ... Die Leute benehmen sich daneben, und das geht mich nichts an! Soll ich sie dafür etwa noch loben? Die beklagen sich bei Ihnen, daß ich ihnen das Singen verbiete ... Was ist denn schon Gutes an diesen Liedern? Statt sich mit vernünftigen Dingen zu beschäftigen, singen sie Lieder ... Und dann auch noch diese Mode, abends bei Licht rumzuhocken. Da hat man gefälligst ins Bett zu gehen, aber bei denen wird noch gequatscht und gelacht. Ich hab mir alles notiert!«

»Was haben Sie sich notiert?«

»Wer bei Licht noch rumhockt.«

Prischibejew holt einen verschmierten Zettel aus der Tasche, setzt seine Brille auf und liest:

»Welche Bauern bei Licht noch rumhocken: Iwan Prochorow, Sawwa Mikiforow, Petr Petrow. Außerdem: Die Witwe des Soldaten Schustrow lebt in wilder Ehe mit Semjon Kislow. Ignat Swertschok beschäftigt sich mit Magie, und seine Frau Mawra ist eine Hexe, sie geht nachts fremde Kühe melken.«

»Genug!« sagt der Richter und beginnt mit der Vernehmung der Zeugen.

Unteroffizier Prischibejew schiebt die Brille auf die Stirn und blickt den Friedensrichter, der offensichtlich nicht auf seiner Seite ist, verwundert an. Seine weit aufgerissenen Augen funkeln, seine Nase wird purpurrot. Er blickt den Friedensrichter und die Zeugen an und kann überhaupt nicht begreifen, warum der Friedensrichter so erregt ist und warum aus allen Ecken des Verhandlungssaals Gemurmel und unterdrücktes Lachen zu hören sind. Unbegreiflich ist ihm auch das Urteil: ein Monat Haft!

»Wofür?« fragt er und breitet befremdet die Arme aus. »Nach welchem Gesetz?«

Und ihm wird klar, daß die Welt sich verändert hat und daß es bereits vollkommen unmöglich geworden ist, auf dieser Welt zu leben. Trübe, niederschmetternde Gedanken bemächtigen sich seiner. Doch als er den Verhandlungssaal verläßt und die Bauern erblickt, die sich da drängen und sich unterhalten, legt er aus alter Gewohnheit, die er nicht mehr lassen kann, die Hände an die Hosennaht und schreit erbost mit heiserer Stimme:

»Auseinanderr, Leute! Nicht zusammenrotten! Nach Hause!«

(Barbara Schaefer)

PECH

Ilja Sergejitsch Peplow und seine Frau, Kleopatra Petrowna, standen an der Tür und lauschten mit der größten Anspannung. Hinter der Tür, im kleinen Saal, bahnte sich offenbar eine Liebeserklärung an, und zwar zwischen ihrer Tochter Nataschenka und Schtschupkin, Lehrer an der Kreisschule.

»Er beißt an!« flüsterte Peplow. Vor Ungeduld bibberte er und rieb sich in einem fort die Hände. »Paß auf, Petrowna, sobald sie von Gefühlen reden, nimmst du sofort das Heiligenbild von der Wand, und wir gehen rein und segnen sie … Wir überrumpeln sie … Das Segnen mit dem Bild ist etwas Heiliges, da kommt nichts gegen an … Da kann er sich nicht mehr herausreden, und wenn er vors Gericht zieht.«

Hinter der Tür entspann sich unterdessen das folgende Gespräch:

»Bitte keine Extratouren«, sagte Schtschupkin und strich an seinen karierten Hosen ein Streichholz an. »Ich habe Ihnen keinerlei Briefe geschrieben!«

»Ach ja! Als ob ich Ihre Handschrift nicht kennen würde!« rief das Mädchen lauthals lachend. Dann kreischte sie ein paar Mal affektiert auf und warf mehrmals einen Blick in den Spiegel. »Ich hab's gleich erkannt! Und wie seltsam Sie sind: will Schönschreiblehrer sein und macht ein solches Gekrakel! Wie bringen Sie denen das Schreiben denn bei, wenn Sie selbst so miserabel schreiben?«

»Hm… Das hat nichts zu sagen. Das Wichtigste beim Schönschreiben ist nicht die Schrift, sondern daß die Schüler keinen Unfug machen. Da kriegt dann der eine mit dem Lineal eins über den Kopf, und der andere muß knien… Was soll da die Schrift! Dummes Zeug! Nekrassow war ein Schriftsteller, aber es tut einem weh zu sehen, wie der geschrieben hat. In den Gesammelten Werken wird seine Schrift gezeigt.«

»Nekrassow ist Nekrassow, aber jetzt geht's um Sie…« Sie seufzte. »Einen Schriftsteller würde ich mit Vergnügen nehmen. Er würde mir immer Verse schreiben, zur Erinnerung!«

»Verse kann ich Ihnen auch schreiben, wenn Sie es wünschen.«

»Worüber würden Sie denn schreiben?«

»Über die Liebe… über Gefühle… über Ihre Augen… Wenn Sie die lesen, wird's Ihnen ganz anders… Da kommen Ihnen die Tränen! Und wenn ich Ihnen poetische Verse schreibe, darf ich Ihnen dann die Hand küssen?«

»Was ist das schon!… Das können Sie gleich haben!«

Schtschupkin bekam Stielaugen, sprang auf und beugte sich zu ihrem molligen, nach Toilettenseife duftenden Händchen herab.

»Das Bild!« mahnte Peplow und stieß seine Frau

mit dem Ellbogen an. Er war bleich vor Aufregung und knöpfte sich die Jacke zu. »Los! Na!«

Ohne noch einen Augenblick zu zögern, öffnete er weit die Tür.

»Kinder ...« murmelte er, hob die Hände und blinzelte, da ihm die Tränen kamen. »Nehmt Gottes Segen, meine Kinder ... Lebet ... seid fruchtbar und mehret euch ...«

»Auch ich ... ich segne euch«, ließ sich das Mamachen vernehmen und weinte vor Glück. »Seid glücklich miteinander, meine Lieben! Ach, Sie nehmen mir meinen einzigen Schatz!« sagte sie, zu Schtschupkin gewandt. »Bringen Sie ihr Ihre ganze Liebe entgegen, haben Sie Mitleid mit ihr ...«

Vor Verwunderung und Schreck blieb Schtschupkin der Mund offen stehen. Die Attacke der Eltern kam so überraschend und war so kühn, daß er kein Wort herausbrachte.

Reingefallen! Eingeseift! dachte er und verging vor Angst. Das ist das Ende, mein Lieber! Da kommst du nicht mehr raus!

Und gehorsam neigte er den Kopf, als wollte er sagen: Nehmt mich, ich gebe mich geschlagen!

»Ich seg ... ich segne Euch«, sprach das Papachen weiter und begann ebenfalls zu weinen. »Nataschenka, meine Tochter ... stell dich daneben ... Petrowna, reich mir das Bild ...«

Im gleichen Moment aber hörte er schlagartig auf zu weinen, und Wut verzerrte sein Gesicht.

»Tolpatsch!« fuhr er seine Frau wütend an. »Wo

hast du deinen Kopf! Soll das etwa das Heiligenbild sein?«

»Ach, ihr liebsten Heiligen alle!«

Was war geschehen? Schüchtern hob der Schönschreiblehrer den Blick – und sah, was ihn gerettet hatte: In der Eile hatte das Mamachen statt des Heiligenbildes das Porträt des Schriftstellers Lashetschnikow von der Wand genommen. Und so standen nun der alte Peplow und seine Gattin, Kleopatra Petrowna, mit dem Porträt in der Hand da und wußten in ihrer Verwirrung nicht, was sie tun und was sie sagen sollten. Der Schönschreiblehrer aber nutzte die Gunst des Augenblicks und verschwand.

(Kay Borowsky)

GRAM

Wem klage ich meinen Schmerz?

Abenddämmerung. Große nasse Schneeflocken schweben träge um die gerade entzündeten Laternen und legen sich als dünne weiche Schicht auf die Dächer, auf Pferderücken, Schultern, Mützen. Der Kutscher Jona Potapow ist ganz weiß, wie ein Gespenst. Gekrümmt, soweit sich ein menschlicher Körper überhaupt krümmen kann, kauert er auf dem Kutschbock und regt sich nicht. Selbst wenn ein ganzer Schneehaufen auf ihn fiele, er würde es wahrscheinlich nicht für nötig halten, ihn abzuschütteln … Sein Pferdchen ist ebenfalls ganz weiß und rührt sich nicht. In seiner Starrheit, seiner kantigen Gestalt und mit seinen stockartigen geraden Beinen erinnert es aus der Nähe an ein Lebkuchenpferdchen, das man für wenige Kopeken bekommt. Es ist offensichtlich in Gedanken verloren. Vom Pflug losgerissen, von den gewohnten eintönigen Bildern, und hierher verschlagen, in diesen Strudel mit all den unheimlichen Lichtern, dem ständigen Lärm und den eilenden Menschen, da kommt man ums Nachdenken gar nicht herum …

Jona und sein Pferdchen haben sich schon lange nicht von der Stelle bewegt. Sie waren bereits vor dem Mittagessen vom Hof losgefahren und haben überhaupt noch nichts verdient. Jetzt aber senkt sich abendliche Finsternis auf die Stadt. Das fahle Laternenlicht verschwindet hinter lebhaften Farben, und das Treiben auf den Straßen wird lauter.

»Kutscher, zur Wyborger!« hört Jona. »Kutscher!«

Jona zuckt zusammen und sieht durch die schneeverklebten Wimpern einen Offizier in Mantel und Kapuze.

»Zur Wyborger Seite!« wiederholt der Offizier. »Schläfst du? Zur Wyborger!«

Zum Zeichen seines Einverständnisses zieht Jona an den Zügeln, und ganze Schichten von Schnee fallen vom Rücken seines Pferdes und von seinen Schultern ... Der Offizier setzt sich in den Schlitten. Der Kutscher schnalzt mit den Lippen, reckt seinen Hals wie ein Schwan, richtet sich leicht auf und schwingt die Peitsche, mehr aus Gewohnheit denn aus Notwendigkeit. Auch das Pferdchen streckt den Hals, hebt seine stockartigen Beine und setzt sich unschlüssig in Bewegung ...

»Wohin fährst du, Waldschrat!« hört Jona alsbald Rufe aus der dunklen, hin und her eilenden Menge. »Reitet dich der Teufel? Halt dich rechts!«

»Kannst du nicht fahren? Halt dich rechts«, sagt der Offizier ärgerlich.

Es schimpft ein Kutscher von seinem Wagen herunter, böse schaut ein Fußgänger und schüttelt den Schnee vom Ärmel, während er eilig die Straße überquert und dabei dem Pferdchen mit der Schulter ans Maul stößt. Jona rutscht auf dem Kutschbock hin und her, als säße er auf Nadeln. Er spreizt die Ellbogen zur Seite und läßt seine Augen umherirren wie von Sinnen, als verstünde er nicht, wo er ist und weshalb gerade hier.

»Was für Halunken!« witzelt der Offizier. »Sie haben es darauf angelegt, mit dir zusammenzustoßen oder unters Pferd zu geraten. Die haben sich verabredet.«

Jona sieht sich nach dem Fahrgast um und bewegt die Lippen … Offensichtlich will er etwas sagen, aber aus seiner Kehle dringt nur ein heiseres Krächzen.

»Wie?« fragt der Offizier.

Jona verzieht seinen Mund zu einem Lächeln, räuspert sich und sagt heiser:

»Mir ist, Herr … diese Woche der Sohn gestorben.«

»Hm! … Woran ist er denn gestorben?«

Jona dreht sich mit seinem ganzen Körper zu seinem Fahrgast um und sagt:

»Wer weiß das schon. Wahrscheinlich am Fieber … Drei Tage lag er im Krankenhaus und starb dann … Gottes Wille.«

»Fahr zur Seite, Teufel!« ertönt es aus dem Dunkel. »Bist wohl blind, alter Hund, mach die Augen auf!«

»Fahr schon, fahr …« sagt der Fahrgast. »Sonst sind wir morgen noch nicht da. Ein bißchen schneller.«

Der Kutscher reckt wieder den Hals, richtet sich etwas auf und schwingt mit schwerfälliger Grazie die Peitsche. Immer wieder blickt er sich nach seinem Fahrgast um, doch der hat die Augen geschlossen und will offensichtlich nichts hören. Als er ihn auf der Wyborger Seite abgesetzt hat, hält er an einem Wirtshaus, kauert sich auf dem Kutschbock zusammen und bewegt sich nicht mehr. Der nasse Schnee bedeckt ihn und sein Pferdchen mit einer weißen Schicht. Es vergeht eine Stunde, eine zweite ...

Schimpfend und laut mit den Stiefeln stampfend, gehen auf dem Bürgersteig drei junge Leute vorüber: Zwei sind groß und schlank, der dritte klein und buckelig.

»Kutscher, zur Polizeibrücke!« schreit der Bucklige mit dröhnender Stimme. »Zu dritt – für zwanzig Kopeken!«

Jona zieht an den Zügeln und schnalzt. Zwanzig Kopeken sind kein angemessener Preis, aber ihm ist jetzt nicht nach Preisen. Ob ein Rubel oder fünf Kopeken – ihm ist es einerlei, Hauptsache, er hat Fahrgäste. Die jungen Leute gehen, sich gegenseitig schubsend und fluchend, zum Schlitten und klettern alle drei gleichzeitig hinein. Sie beginnen die Frage zu erörtern, wer von ihnen sitzen darf und wer stehen muß. Nach langem Schimpfen, Gezerre und gegenseitigen Vorwürfen kommen sie zu dem Schluß, daß der Bucklige als Kleinster stehen muß.

»Nun mach schon!« dröhnt der Bucklige, der sich zurechtstellt und dabei Jona in den Nacken prustet.

»Gib's ihm. Eine Mütze hast du auf, Bruder! Eine schlechtere findest du in ganz Petersburg nicht...«

»Ha... ha...« lacht Jona. »So ist das eben...«

»Na du, So-ist-das-eben, fahr schneller! Willst du den ganzen Weg so bummeln? Na? Willst du einen ins Genick?«

»Mein Kopf brummt...« sagt einer der Langen. »Gestern bei den Lukmassows haben Waska und ich zu zweit vier Flaschen Kognak ausgetrunken.«

»Ich verstehe nicht, warum du lügst«, ärgert sich der andere Lange. »Lügt wie gedruckt.«

»Gott strafe mich, es ist wahr.«

»Das ist genausowahr wie Flöhe husten.«

»Hihi«, kichert Jona. »Fröööhliche Herrschaften!«

»Tfu, hol dich der Teufel«, entrüstet sich der Bucklige. »Fährst du nun, du alter Esel, oder nicht? Fährt man etwa so? Gib ihm die Peitsche! Zum Teufel noch mal! Gib's ihm ordentlich!«

Jona spürt hinter seinem Rücken den unruhigen Körper des Buckligen und das Zittern in seiner Stimme. Er hört die Beschimpfungen, die ihm gelten, sieht Menschen, und das Gefühl der Einsamkeit weicht langsam aus seiner Brust. Der Bucklige wettert, bis ihm ein ausgeklügelter sechsstöckiger Fluch im Halse stecken bleibt und er einen Hustenanfall bekommt. Die Langen fangen an, über irgendeine Nadeshda Petrowna zu reden. Jona blickt sich nach ihnen um. Er wartet eine kurze Pause ab, dreht sich nochmal um und murmelt:

»Und mir ist in dieser Woche ... der Sohn gestorben!«

»Wir müssen alle sterben ...« seufzt der Bucklige und wischt sich nach dem Husten die Lippen ab. »Nun treib den Gaul endlich an! Meine Herrschaften, ich kann unmöglich so weiterfahren! Wann bringt er uns denn endlich hin?«

»Mach ihn ein bißchen munter ... Zieh ihm eins über!«

»Hörst du, du alter Esel? Du kriegst einen ins Genick! Wenn man mit euresgleichen groß Umstände macht, kann man gleich zu Fuß gehen! ... Hörst du, alter Drachen? Oder schert es dich nicht, was wir sagen?«

Den Schlag auf den Hinterkopf hört Jona mehr als er ihn spürt.

»Hihi«, lacht er. »Fröhliche Herrschaften ... gebe Gott Euch Gesundheit!«

»Kutscher, bist du verheiratet?« fragt einer der Langen.

»Iiich? Hihi ... Fröhliche Herrschaften! Jetzt habe ich nur eine Frau – die feuchte Erde ... Hahaha ... Das Grab meine ich ... Mein Sohn ist tot, und ich lebe ... Eigenartige Geschichte, der Tod hat sich in der Tür geirrt ... Statt daß er zu mir kommt, ist er zum Sohn ...«

Und Jona dreht sich um, er will erzählen, wie sein Sohn gestorben ist, aber da seufzt der Bucklige auf und erklärt, sie seien Gott sei Dank endlich da. Nachdem er die zwanzig Kopeken erhalten hat, blickt Jona den ausgelassenen Bummlern lange nach, die in einem dunklen Hauseingang verschwinden. Wieder ist er allein, und erneut bedrängt ihn die Stille. Der Kummer, der für kurze Zeit nachgelassen hatte, kommt zurück und zerreißt ihm die Brust mit noch größerer Gewalt. Jonas Augen eilen unruhig und gequält über die Menge, die zu beiden Seiten der Straße dahinhastet: Findet sich unter diesen Tausenden von Menschen wenigstens einer, der ihm zuhört? Doch die Menschen hasten weiter und beachten ihn und seinen Kummer nicht ... Dieser Kummer ist riesengroß, er kennt keine Grenzen. Würde Jonas Brust gesprengt und könnte der Kummer aus ihr hinausströmen, er würde wohl die ganze Welt überfluten, und dennoch ist er nicht zu sehen. Er hat sich in einer so winzigen Schale verborgen, daß man ihn auch bei Tageslicht nicht sehen kann ...

Jona sieht einen Hausknecht mit einem Sack und beschließt, ihn anzusprechen.

»Lieber Freund, wie spät wird es jetzt sein?« fragt er.

»Es geht auf zehn ... Was stehst du hier herum? Fahr weiter!«

Jona fährt ein paar Schritte weiter, kauert sich zusammen und gibt sich seinem Kummer hin ... Sich an die Menschen zu wenden, hält er bereits für sinnlos. Doch es vergehen keine fünf Minuten, und er richtet sich auf, schüttelt sich, als verspüre er einen heftigen Schmerz, und zieht an den Zügeln. Er hält es nicht mehr aus.

Nach Hause, denkt er. Nach Hause.

Und das Pferdchen, als könnte es seinen Gedanken erraten, setzt sich in leichten Trab. Nach etwa anderthalb Stunden sitzt Jona bereits am großen schmutzigen Ofen. Auf dem Ofen, auf dem Fußboden und auf den Bänken schnarchen Menschen. In der Luft hängt Rauch, und es ist stickig ... Jona betrachtet die Schlafenden, kratzt sich und bedauert, daß er so früh nach Hause gekommen ist ...

Nicht mal für den Hafer hab ich genug verdient, denkt er. Daher auch der Kummer. Ein Mensch, der seine Sache versteht ... der satt ist, und sein Pferd ist es auch, der ist immer gelassen ...

In einer Ecke richtet sich ein junger Kutscher auf, ächzt verschlafen und streckt seine Hand nach dem Wassereimer aus.

»Hast wohl Durst?« fragt Jona.

»Ja, hab ich wohl!«

»Na dann ... Zum Wohl ... Mir aber, Bruder, ist der Sohn gestorben. Hast du gehört? In dieser Woche im Krankenhaus ... So eine Geschichte!«

Jona schaut, welche Wirkung seine Worte haben, aber er sieht nichts. Der junge Mann hat den Kopf schon wieder unter der Decke und schläft. Der Alte seufzt und kratzt sich ... So wie es den Jungen zu trinken verlangte, so drängt es ihn zu reden. Bald ist es eine Woche, seit sein Sohn gestorben ist, und er hat noch mit niemandem richtig darüber gesprochen ... Man muß doch vernünftig darüber reden, in aller Ruhe ... Erzählen muß man, wie der Sohn krank wurde, wie er sich gequält hat, was er vor seinem Tod noch sagte, wie er gestorben ist ... Von der Beerdigung muß man sprechen, von der Fahrt ins Krankenhaus, wo er die Sachen des Verstorbenen abholte. Im Dorf war ihm die Tochter Anissja geblieben ... Auch über sie müßte er sprechen ... Über so vieles hätte er jetzt zu reden. Der Zuhörer müßte stöhnen, seufzen, wehklagen ... Noch besser wäre es, den Weibern davon zu erzählen. Die sind zwar dumm, aber sie heulen schon nach zwei Worten.

Ich geh mal nach dem Pferd sehen, denkt Jona. Schlafen kann ich immer noch ... Ich werd schon noch genug schlafen ...

Er zieht sich an und geht in den Stall, wo sein Pferd steht. Er denkt an Hafer, Heu, an das Wetter ... An den Sohn kann er, wenn er alleine ist, nicht denken ... Mit jemandem über ihn reden, könnte er, doch für sich allein an ihn denken und sich sein Bild ins Gedächtnis rufen, ist unerträglich und unheimlich ...

»Kaust du?« fragt Jona sein Pferd und blickt in seine glänzenden Augen. »Na kau nur, kau ... Wenn es heute für Hafer nicht gereicht hat, fressen wir eben Heu ... Ja, ja ... Alt bin ich geworden beim Fahren ... Der Sohn sollte fahren, nicht ich ... Der war ein richtiger Kutscher ... Wenn er nur leben würde ...«

Jona schweigt kurze Zeit und fährt fort:

»Also, Freund Stute ... Kusma Jonitsch ist nicht mehr ... Hat sich für immer verabschiedet ... Ist einfach so gestorben, ganz unnütz ... Sagen wir, du hast ein kleines Fohlen und bist für dieses Fohlen die leibliche Mutter ... Und plötzlich, sagen wir, stirbt dieses Fohlen ... Das täte dir doch leid?«

Das Pferdchen kaut, hört zu und schnaubt seinem Herrn in die Hand ...

Jona läßt sich hinreißen und erzählt ihm alles ...

(Marianne Wiebe)

FEINDE

An einem dunklen Septemberabend, gegen zehn Uhr, starb der sechsjährige Andrej, der einzige Sohn des Landarztes Kirilow, an Diphterie. Als die Frau des Doktors in einem ersten Anfall der Verzweiflung vor dem Bettchen ihres toten Kindes niederkniete, klingelte es schrill in der Diele.

Da wegen der Ansteckungsgefahr alle Hausangestellten bereits am Morgen weggeschickt worden waren, öffnete, so wie er war, ohne Gehrock, mit aufgeknöpfter Weste und ohne das tränennasse Gesicht und die von der Karbolsäure aufgesprungenen Hände zu trocknen, Kirilow selbst die Tür. In der Diele war es dunkel, und von dem Besucher konnte man nur erkennen, daß er mittelgroß war, einen weißen Schal trug und ein großes, außergewöhnlich bleiches Gesicht hatte, so bleich, daß man meinte, mit seinem Erscheinen sei es in der Diele heller geworden...

»Ist der Doktor da?« fragte der Eintretende hastig.

»Ja, ich bin da«, erwiderte Kirilow. »Was wünschen Sie?«

»Ach, das sind Sie? Sehr angenehm!« sagte der Besucher erfreut und suchte im Dunkeln die Hand des Doktors, und als er sie gefunden hatte, drückte er sie fest mit beiden Händen. »Bin sehr ... sehr froh!

Wir kennen uns! ... Ich bin Abogin ... hatte das Vergnügen, Ihnen im Sommer bei Gnutschew zu begegnen. Bin sehr froh, Sie anzutreffen ... Lehnen Sie um Gottes willen nicht ab, sofort mit mir zu fahren ... Meine Frau ist schwer erkrankt ... Ich hab auch den Wagen dabei ...«

An der Stimme und den Bewegungen des Mannes spürte man, daß er stark erregt war. Er konnte kaum atmen, als habe ihn eine Feuersbrunst oder ein tollwütiger Hund in Schrecken versetzt; er redete hastig, mit zitternder Stimme, und eine natürliche Aufrichtigkeit, eine kindliche Unsicherheit lag in seinen Worten. Wie alle, die von Schrecken und Erschütterung gepackt werden, sprach er in kurzen, abgehackten Sätzen und machte viele überflüssige, überhaupt nicht zur Sache gehörende Worte.

»Ich habe schon befürchtet, Sie nicht anzutreffen«, fuhr er fort. »Auf der Fahrt hierher habe ich schreckliche Ängste ausgestanden ... Ziehen Sie sich an, und fahren wir um Gottes willen los ... Es ist folgendermaßen passiert: Alexander Semjonowitsch Paptschinski, den Sie auch kennen, kam zu mir ... Wir haben uns unterhalten ... dann Tee getrunken; plötzlich schrie meine Frau auf, faßte sich ans Herz und fiel nach hinten gegen die Stuhllehne. Wir trugen sie zu ihrem Bett und ... ich habe ihr schon mit Salmiak die Schläfen eingerieben und sie mit Wasser besprüht ... sie liegt da wie eine Tote ... Ich befürchte, daß es ein Aneurysma ist ... Fahren wir los ... Auch ihr Vater ist an einem Aneurysma gestorben ...«

Kirilow hörte schweigend zu, so als verstünde er kein Russisch.

Als Abogin noch einmal Paptschinski und den Vater seiner Frau erwähnte und noch einmal im Dunkeln die Hand des Doktors suchte, schüttelte dieser den Kopf und sagte, wobei er apathisch jedes Wort in die Länge zog:

»Entschuldigen Sie, aber ich kann nicht mitfahren ... Vor fünf Minuten ist ... mein Sohn gestorben ...«

»Wirklich?« flüsterte Abogin und trat einen Schritt zurück. »Mein Gott, in was für einem ungünstigen Augenblick bin ich nur gekommen! Ein seltsam unheilvoller Tag ... seltsam! Was für ein Zusammentreffen ... ausgerechnet!«

Abogin griff nach der Türklinke und ließ nachdenklich den Kopf hängen. Er schien zu zögern und nicht zu wissen, was tun: gleich gehen oder doch den Doktor noch länger bitten.

»Hören Sie«, sagte er erregt, wobei er Kirilow am Ärmel faßte, »ich kann Ihre Situation sehr gut verstehen! Gott ist mein Zeuge, es ist mir peinlich, daß ich ausgerechnet in einem solchen Augenblick versuche, Ihre Hilfe in Anspruch zu nehmen, aber was soll ich machen? Sagen Sie selbst, zu wem sollte ich fahren? Denn außer Ihnen gibt es hier keinen Arzt. Fahren wir um Gottes willen los! Ich bitte nicht für mich ... Nicht ich bin krank!«

Es trat Schweigen ein. Kirilow wandte Abogin den Rücken zu, blieb einen Moment stehen und ging dann langsam aus der Diele ins Wohnzimmer. Seinem unsicheren, mechanischen Gang nach zu urteilen und nach der Art, mit der er im Wohnzimmer den mit Fransen besetzten Schirm der nicht angezündeten Lampe zurechtrückte und in ein dickes Buch schaute, das auf dem Tisch lag, hatte er in diesen Minuten weder Absichten noch Wünsche, noch dachte er an irgend etwas und hatte vermutlich auch schon vergessen, daß in der Diele ein Fremder stand. Das Halbdunkel und die Stille des Wohnzimmers verstärkten offenbar seine Benommenheit. Als er dann aus dem Wohnzimmer in sein Arbeitszimmer ging, hob er das rechte Bein höher als nötig, suchte mit den Händen den Türpfosten, und in diesem Moment drückte seine ganze Gestalt ein gewisses Erstaunen aus, als sei er in eine fremde Wohnung geraten oder habe sich zum ersten Mal im Leben sinnlos betrunken und gebe sich nun erstaunt diesem neuen Gefühl hin. An der einen Wand des Arbeitszimmers zog sich ein breiter Lichtstrahl über die Bücherschränke; zusammen mit dem schweren stickigen Geruch nach Karbolsäure und Äther drang dieses Licht durch die angelehnte Tür, die aus dem Arbeitszimmer ins Schlafzimmer führte... Der Doktor setzte sich in den Sessel vor dem Schreibtisch; einen Moment blickte er müde auf seine beleuchteten Bücher, dann erhob er sich und ging nach nebenan.

Hier im Schlafzimmer herrschte Totenstille. Bis ins kleinste Detail legten die Dinge beredtes Zeugnis ab von einem unlängst erlebten Sturm, von einer Erschöpfung, und nun ruhte alles. Die Kerze, die auf einem Hocker inmitten einer Unmenge von Fläschchen, Schachteln und Döschen stand, und die große Lampe auf der Kommode erhellten den ganzen Raum. Auf dem Bett, direkt am Fenster, lag der Junge mit geöffneten Augen und einem verwunderten Gesichtsausdruck. Er bewegte sich nicht, aber die geöffneten Augen schienen mit jedem Moment dunkler zu werden und immer tiefer in den Augenhöhlen zu verschwinden. Die Arme über den Körper des Kindes gelegt und das Gesicht in den Falten der Bettdecke verborgen, so kniete die Mutter vor dem Bett. Sie bewegte sich genausowenig wie der Junge, doch wieviel Lebendigkeit drückte sich in ihrer Körperhaltung und in ihren Armen aus! Hingebungsvoll und mit einer besessenen Kraft schmiegte sie sich an das Bett, als fürchte sie um die ruhige und bequeme Stellung, die sie endlich für ihren ermatteten Leib gefunden hatte. Die Bettdecken, die Lappen, die Schüsseln, die Wasserlachen auf dem Fußboden, die überall verstreuten kleinen Pinsel und Löffel, die weiße Flasche mit dem Kalkwasser, die stickige, schwere Luft – alles war erstarrt und schien in Ruhe versunken.

Der Arzt blieb neben seiner Frau stehen, steckte die Hände in die Hosentaschen und richtete, den Kopf zur Seite geneigt, den Blick auf seinen Sohn. Sein Gesicht drückte Gleichgültigkeit aus, nur an den Tröpfchen, die in seinem Bart glänzten, war zu sehen, daß er gerade geweint hatte.

Von jenem abstoßenden Grauen, an das man denkt, wenn man über den Tod spricht, war im Schlafzimmer nichts zu spüren. In der allgemeinen Erstarrung, in der Haltung der Mutter, in dem gleichmütigen Gesicht des Arztes lag etwas Anziehendes, Herzergreifendes, eben jene zarte, kaum zu erfassende Schönheit des menschlichen Leides, die man erst mit der Zeit zu verstehen und zu beschreiben lernt und die wohl allein die Musik wiederzugeben vermag. Diese Schönheit war auch in der düsteren Stille zu spüren; Kirilow und seine Frau schwiegen, sie weinten nicht, als ob sie außer der Schwere des Verlusts auch das Lyrische ihrer Lage erkannt hätten: Wie seinerzeit ihre Jugend vergangen war, so hatten sie mit diesem Jungen nun auch das Recht, Kinder zu haben, für immer verloren! Der Doktor war vierundvierzig Jahre alt, er war bereits ergraut und sah aus wie ein alter Mann; seine welk und krank wirkende Frau war fünfunddreißig. Andrej war nicht nur ihr einziges Kind gewesen, er war auch ihr letztes.

Im Gegensatz zu seiner Frau gehörte der Doktor zu jenen Naturen, die bei großem seelischem Schmerz das Bedürfnis nach Bewegung verspüren. Nachdem er etwa fünf Minuten neben seiner Frau gestanden hatte, ging er, immer das rechte Bein stark anhebend, aus dem Schlafzimmer in das kleine Zimmer nebenan, das zur Hälfte von einem großen, breiten Sofa eingenommen wurde; von dort ging er in die Küche. Ziellos wanderte er neben dem Ofen und dem Bett der Köchin auf und ab und ging dann gebückt durch eine kleine Tür hinaus zur Diele.

Dort sah er wieder den weißen Schal und das bleiche Gesicht.

»Endlich!« sagte Abogin aufatmend und griff nach der Türklinke. »Fahren wir, bitte!«

Der Doktor zuckte zusammen, blickte ihn an, und da fiel es ihm wieder ein …

»Hören Sie, ich habe Ihnen doch bereits erklärt, daß ich nicht mitfahren kann!« sagte er, wobei wieder Leben in ihn kam. »Wie sonderbar!«

»Doktor, ich bin kein gefühlloser Mensch, ich begreife Ihre Situation sehr wohl … kann Ihren Schmerz nachempfinden!« sagte Abogin mit flehender Stimme, wobei er die Hand auf seinen Schal legte. »Aber ich bitte doch nicht für mich … Meine Frau liegt im Sterben! Wenn Sie diesen Schrei gehört und ihr Gesicht gesehen hätten, dann würden Sie meine Beharrlichkeit verstehen! Mein Gott, und ich dachte schon, Sie würden sich anziehen! Doktor, die Zeit ist kostbar! Lassen Sie uns fahren, ich bitte Sie!«

»Ich kann nicht mitfahren!« sagte Kirilow stockend und ging ins Wohnzimmer zurück.

Abogin folgte ihm und faßte ihn am Ärmel.

»Sie trauern um Ihr Kind, das verstehe ich, aber ich verlange von Ihnen doch keine Zahnbehandlung oder ein ärztliches Gutachten, sondern ich bitte Sie, ein Menschenleben zu retten!« sagte er flehend wie ein Bettler. »Dieses Leben ist höher als jedes persönliche Leid! Nun, ich appelliere an Ihre Tapferkeit,

Ihre Entschlossenheit! Im Namen der Nächstenliebe!«

»Die Nächstenliebe ist ein Stock mit zwei Enden!« sagte Kirilow gereizt. »Im Namen eben dieser Nächstenliebe bitte ich Sie, mich in Ruhe zu lassen. Weiß Gott, wie seltsam! Ich kann mich kaum auf den Beinen halten, und Sie setzen mich mit Ihrer Nächstenliebe unter Druck! Ich tauge gerade jetzt zu nichts ... ich werde auf keinen Fall mitfahren, und wie könnte ich meine Frau jetzt allein lassen? Nein, nein ...«

Kirilow wehrte mit den Händen ab und wich zurück.

»Und ... und bitten Sie mich nicht weiter!« fuhr er erschrocken fort. »Entschuldigen Sie mich ... Laut Band dreizehn des Gesetzbuchs bin ich verpflichtet mitzufahren, und Sie haben das Recht, mich am Kragen zu packen und mitzuschleppen ... Hier bitte, tun Sie es, aber ... ich bin unfähig ... nicht einmal in der Lage zu sprechen ... Entschuldigen Sie ...«

»Sie brauchen nicht in diesem Ton mit mir zu reden, Doktor«, sagte Abogin, wobei er den Arzt wieder am Ärmel faßte. »Vergessen wir den Band dreizehn! Sie gegen Ihren Willen zu zwingen, habe ich kein Recht. Wenn Sie wollen, dann kommen Sie mit, wenn nicht, dann lassen Sie es bleiben, aber ich appelliere nicht an Ihren Willen, sondern an Ihr Gefühl. Eine junge Frau liegt im Sterben! Sie sagen, soeben sei Ihr Sohn gestorben; wer denn, wenn nicht Sie, kann meine Angst verstehen?«

Abogins Stimme zitterte vor Erregung; in diesem Zittern und in seinem Ton lag weitaus mehr Überzeugungskraft als in seinen Worten. Abogin war aufrichtig, aber eigenartigerweise klang alles, was er sagte, geschraubt, gefühllos, über die Maßen schwülstig, und seine Worte schienen sogar die Luft in der Wohnung des Doktors und die irgendwo im Sterben liegende Frau zu beleidigen. Auch er spürte das und war daher, weil er befürchtete, nicht verstanden zu werden, nach Kräften bemüht, seiner Stimme einen weichen und sanften Klang zu verleihen, um, wenn nicht mit Worten, so doch mit einem aufrichtigen Ton zu überzeugen. Überhaupt wirkt ein Satz – auch wenn er noch so schön und tiefsinnig ist – nur auf gleichmütige Menschen, vermag aber nicht immer diejenigen zufriedenzustellen, die glücklich oder unglücklich sind; daher ist meist das Schweigen der höchste Ausdruck von Glück oder Unglück; Verliebte verstehen einander am besten, wenn sie schweigen, und eine flammende, leidenschaftliche Grabrede rührt nur die Außenstehenden, der Witwe und den Kindern des Verstorbenen erscheint sie kalt und nichtssagend.

Kirilow stand schweigend da. Als Abogin noch einige Phrasen drosch über die hehre Berufung des Arztes, über die Selbstaufopferung und so weiter, fragte Kirilow schroff:

»Ist es weit?«

»Etwa dreizehn, vierzehn Werst. Ich habe hervorragende Pferde, Doktor! Ich gebe Ihnen mein Ehrenwort, daß ich Sie in einer Stunde hin und wieder zurückbringe. Nur eine Stunde!«

Die letzten Worte wirkten auf den Doktor stärker als der Verweis auf die Menschenliebe und die Berufung des Arztes. Er überlegte und sagte seufzend:

»Gut, fahren wir!«

Er ging rasch, mit nun schon sicheren Schritten in sein Arbeitszimmer und kam kurz darauf mit seinem langen Gehrock zurück. Trippelnd und mit den Füßen scharrend, half ihm der sichtlich frohe Abogin in den Mantel, und gemeinsam verließen die beiden das Haus.

Draußen war es dunkel, doch heller als in der Diele. In der Dunkelheit hob sich die hohe, leicht gebeugte Gestalt des Doktors mit dem langen schmalen Bart und der Adlernase deutlich ab. Von Abogin war außer dem bleichen Gesicht nun auch der große Kopf und die kleine Studentenmütze, die kaum den Scheitel bedeckte, zu erkennen. Der Schal schimmerte nur vorn, hinten wurde er von dem langen Haar verdeckt.

»Glauben Sie mir, ich weiß Ihre Großmut zu schätzen«, murmelte Abogin, während er dem Doktor in den Wagen half. »Wir werden im Nu dort sein. Luka, mein Lieber, fahr so schnell wie möglich! Bitte!«

Der Kutscher fuhr schnell. Zunächst kamen sie an einer Reihe unansehnlicher Gebäude vorbei, die längs des Krankenhaushofes standen; überall war es dunkel, nur am Ende des Hofes war ein Fenster er-

leuchtet, dessen grelles Licht durch den Latten-
zaun drang, während aus den drei Fenstern im oberen Stockwerk des Krankenhauses ein fahles Licht
schien. Dann verschwand der Wagen in der tiefen
Dunkelheit; es roch nach Feuchtigkeit und Pilzen,
und man hörte das Rauschen der Bäume; die Krähen,
aufgeschreckt vom Rattern der Räder, regten sich in
den Baumkronen und erhoben ein aufgeregtes, kläg-
liches Geschrei, als wüßten sie, daß der Sohn des
Doktors gestorben und Abogins Frau schwer krank
war. Nun huschten einzelne Bäume und Sträucher
vorbei; ein Teich, auf dem große schwarze Schatten
lagen, blitzte düster auf, und der Wagen rollte auf
ebener Erde dahin. Das Geschrei der Krähen war
nur noch schwach in der Ferne zu hören, bis es bald
ganz verstummte.

Fast während der ganzen Fahrt schwiegen Kirilow
und Abogin. Nur einmal seufzte Abogin tief auf und
murmelte:

»Eine Qual! Nie liebt man diejenigen, die einem
am nächsten stehen, mehr, als wenn man Angst haben muß, sie zu verlieren.«

Als der Wagen sich langsam seinen Weg durch ein
Bachbett bahnte, zuckte Kirilow plötzlich zusammen,
als habe ihn das Plätschern des Wassers aufgeschreckt, und es kam Bewegung in ihn.

»Hören Sie, lassen Sie mich zurückfahren«, sagte
er mit trauriger Stimme. »Ich komme später zu Ihnen. Ich muß nur den Arztgehilfen zu meiner Frau
schicken. Sie ist doch ganz allein!«

Abogin schwieg. Der Wagen fuhr schaukelnd und über Steine holpernd das sandige Ufer entlang und rollte weiter. In seiner Trauer rutschte Kirilow unruhig hin und her und schaute sich um. Durch das schwache Licht der Sterne sah man hinter sich den Weg und die in der Dunkelheit verschwindenden Uferweiden. Zur Rechten lag die Ebene, so flach und so grenzenlos wie der Himmel; in der Ferne brannten da und dort, wahrscheinlich in den Torfmooren, schwache Feuer. Zur Linken erstreckte sich entlang des Weges ein Hügel, der mit niedrigen Sträuchern bewachsen war, und über dem Hügel stand unbeweglich ein großer Halbmond, rötlich, leicht in Nebel gehüllt und von kleinen Wölkchen umgeben, die ihn, wie es schien, von allen Seiten beäugten und aufpaßten, daß er nicht davonlief.

In der ganzen Natur war etwas Hoffnungsloses, Krankhaftes zu spüren; wie eine gefallene Frau, die allein in einem dunklen Zimmer sitzt und versucht, nicht an die Vergangenheit zu denken, so verzehrte sich die Erde in Erinnerungen an den Frühling und den Sommer und wartete apathisch auf den unvermeidlichen Winter. Wohin man auch blickte, überall zeigte sich die Natur als dunkle, unendlich tiefe und kalte Grube, aus der weder Kirilow noch Abogin noch die rötliche Mondsichel herausfinden konnten …

Je näher der Wagen dem Ziel kam, desto ungeduldiger wurde Abogin. Er rutschte auf dem Sitz hin und her, fuhr auf und schaute über die Schulter des

Kutschers nach vorn. Und als dann endlich der Wagen an der mit gestreifter Leinwand schön bespannten Freitreppe hielt und Abogin zu den erleuchteten Fenstern im ersten Stock hinaufblickte, hörte man seinen Atem zittern.

»Wenn etwas passiert, dann … überlebe ich das nicht«, sagte er, als er mit dem Doktor die Diele betrat und sich vor Aufregung die Hände rieb. »Aber ich kann nichts Auffälliges hören, das heißt, es ist noch alles in Ordnung«, fügte er hinzu und lauschte in die Stille.

In der Diele waren weder Stimmen noch Schritte zu vernehmen, das ganze Haus schien zu schlafen, ungeachtet der hellen Beleuchtung. Nun konnten sich auch der Doktor und Abogin, die bis dahin nur von Dunkelheit umgeben waren, genauer betrachten. Kirilow war groß, leicht gebeugt und nachlässig gekleidet, sein Gesicht hatte etwas Unschönes. Etwas unangenehm Schroffes, Unfreundliches und Strenges lag in seinen Lippen, die so wulstig waren wie die eines Schwarzen, aber auch in seiner Adlernase und seinem trägen, gleichgültigen Blick. Sein ungekämmtes Haar, die eingefallenen Schläfen, der vorzeitig ergraute lange, schmale Bart, durch den das Kinn hindurchschimmerte, die matte gräuliche Hautfarbe und sein nachlässiges, ein wenig ungehobeltes Verhalten – all dies ließ in seiner Härte vermuten, daß Kirilow Kummer und Unglück erlebt hatte, daß er der Menschen und des Lebens müde war. Wenn man seine ganze hagere Gestalt so vor sich sah, schien es unglaublich, daß dieser Mensch eine Frau hatte und um ein Kind weinen konnte. Abogin hingegen stellte etwas ganz anderes dar. Er war ein kräftiger, stattlicher Mann, blond, mit einem großen Kopf und unförmigen, aber weichen Gesichtszügen, elegant und nach der neuesten Mode gekleidet. In seiner Körperhaltung, dem eng zugeknöpften Gehrock, der Haarmähne und dem Gesicht lag etwas Vornehmes, etwas Löwenhaftes; beim Gehen hielt er den Kopf gerade und streckte die Brust heraus; er hatte eine angenehme Baritonstimme; und wenn er seinen Schal abnahm oder sein Haar in Ordnung brachte, so hatte dies eine zarte, fast weibliche Eleganz. Nicht einmal die Blässe und die kindliche Furcht, mit der er beim Auskleiden die Treppe hinaufblickte, schadeten seiner Haltung oder schmälerten im geringsten den Eindruck von Wohlgenährtheit, Gesundheit und Selbstsicherheit, der von seiner ganzen Gestalt ausging.

»Es ist niemand da, und man hört auch nichts«, sagte er, wobei er auf die Treppe zuging. »Nichts rührt sich. Gebe es Gott!«

Er führte den Doktor durch die Diele in den großen Salon, wo ein schwarzer Flügel stand und ein Kronleuchter mit weißem Überzug hing; von da gingen die beiden in das kleine, sehr gemütliche und schöne Empfangszimmer, das in einem angenehmen rosigen Halbdunkel lag.

»Nun, nehmen Sie hier Platz, Doktor«, sagte Abogin, »ich … ich bin gleich wieder da. Ich möchte nur mal nachschauen und Bescheid geben.«

Kirilow blieb allein zurück. Das luxuriöse Empfangszimmer, das angenehme Halbdunkel und selbst seine Anwesenheit in dem fremden, unbekannten Haus, der etwas Abenteuerliches anhing – all dies berührte ihn offenbar nicht. Er saß im Sessel und betrachtete seine durch die Karbolsäure aufgesprungenen Hände. Nur flüchtig nahm er den hellroten Lampenschirm und das Futteral eines Cellos wahr, und als er nach der Seite schielte, wo eine Uhr tickte, fiel ihm ein ausgestopfter Wolf auf, der genauso stattlich und wohlgenährt aussah wie Abogin selbst.

Es war still… Irgendwo in einem der angrenzenden Zimmer rief jemand laut »Ah!«, eine Glastür klirrte, wahrscheinlich von einem Schrank, und wieder war alles still. Nachdem Kirilow etwa fünf Minuten gewartet hatte, hörte er auf, seine Hände zu betrachten, und richtete die Augen auf die Tür, durch die Abogin verschwunden war.

Auf der Schwelle dieser Tür stand plötzlich Abogin, aber nicht derselbe Abogin, der hinausgegangen war. Der Eindruck von Wohlgenährtheit und feiner Eleganz war verschwunden, sein Gesicht, seine Hände und seine Körperhaltung waren von einem abstoßenden Ausdruck entstellt, der halb Entsetzen, halb quälenden physischen Schmerz zu bedeuten schien. Seine Nase, seine Lippen, sein Schnurrbart, all seine Züge zitterten und schienen sich vom Gesicht losreißen zu wollen, die Augen aber lachten gleichsam vor Schmerz…

Abogin ging schwerfällig und breitbeinig bis zur

Mitte des Raums, beugte sich nach vorn, seufzte und schüttelte die Fäuste.

»Sie hat mich betrogen!« schrie er, wobei er die Silbe »tro« besonders betonte. »Betrogen! Sie ist weg! Sie hat die Krankheit vorgetäuscht und mich nur deshalb zum Arzt geschickt, damit sie mit Paptschinski, diesem Hampelmann, abhauen kann! Mein Gott!«

Abogin machte einige schwerfällige Schritte auf den Doktor zu, fuchtelte ihm mit seinen blassen, weichen Fäusten vor dem Gesicht herum und jammerte weiter:

»Einfach abgehauen!! Hat mich betrogen! Nun, wozu denn diese Lüge?! Mein Gott! Mein Gott! Wozu dieser üble Trick, dieses teuflische, falsche Spiel? Was hab ich ihr getan? Einfach abgehauen!«

Tränen schossen ihm in die Augen. Er drehte sich um und schritt im Zimmer auf und ab. In dem kurzen Jackett und den modisch engen Hosen, in denen seine Beine viel zu dünn für diesen Körper wirkten, mit seinem großen Kopf und seiner Mähne hatte er nun wirklich große Ähnlichkeit mit einem Löwen. Auf dem gleichgültigen Gesicht des Doktors tauchte so etwas wie Neugier auf. Er erhob sich und musterte Abogin.

»Erlauben Sie, wo ist denn die Patientin?« fragte er.

»Die Patientin! Die Patientin!« schrie Abogin, halb lachend, halb weinend und immer noch mit den Fäusten herumfuchtelnd. »Das ist keine Patientin, sondern ein verfluchtes Weib! So eine Niedertracht! So eine Schweinerei, etwas Gemeineres hätte sich wohl der Satan persönlich nicht ausdenken können! Sie hat mich weggeschickt, um mit diesem Hampelmann, diesem schwachsinnigen Zirkusclown, diesem Kuppler abzuhauen! Oh Gott, wär sie doch besser gestorben! Ich halt das nicht aus! Das halt ich nicht aus!«

Der Doktor richtete sich auf. Er blinzelte, und seine Augen füllten sich mit Tränen, sein schmaler Bart bewegte sich mit dem Kinn hin und her.

»Erlauben Sie, was soll das?« Er blickte sich fragend um. »Mein Kind ist gestorben, meine Frau ist in ihrem Schmerz ganz alleine zu Haus ... und ich selbst kann mich kaum auf den Beinen halten, habe drei Nächte nicht geschlafen ... was soll das? Man zwingt mich, in einer Schmierenkomödie die Rolle eines Requisits zu spielen! Nein ... das ist nicht zu fassen!«

Abogin öffnete die eine Faust, schleuderte einen zerknüllten Zettel auf den Boden und trat mit den Füßen darauf, wie auf ein Insekt, das man zertreten will.

»Und ich habe nichts gesehen ... nichts kapiert!« zischte er durch die zusammengepreßten Zähne und fuchtelte mit der anderen Faust vor seinem Gesicht herum, das er zu einer solchen Miene verzog, als habe man ihm auf die Hühneraugen getreten. »Ich habe nicht bemerkt, daß er jeden Tag gekommen ist, mir ist entgangen, daß er heute mit dem Wagen kam!

Weshalb mit dem Wagen? Und ich habe es nicht gesehen! Ich Esel!«

»Ich … ich begreife das nicht!« murmelte der Doktor. »Was soll das heißen? Das ist doch eine Beleidigung meiner Person, eine Verhöhnung menschlichen Leids! Das ist so unglaublich … das begegnet mir heute zum ersten Mal in meinem Leben!«

Mit dem dumpfen Erstaunen eines Menschen, dem gerade erst bewußt wurde, daß man ihn zutiefst verletzt hat, zuckte der Doktor mit den Schultern, breitete verwundert die Arme aus, und da ihm die Worte fehlten, ließ er sich erschöpft in einen Sessel fallen.

»Nun, du liebst mich nicht mehr, hast dich in einen anderen verliebt, meinetwegen, aber wozu denn dieser Verrat, wozu dieser gemeine, niederträchtige Trick?« sagte Abogin mit weinerlicher Stimme. »Wozu? Wofür? Was habe ich dir nur getan? Hören Sie, Doktor«, sagte er leidenschaftlich, wobei er auf Kirilow zuging. »Sie waren unfreiwilliger Zeuge meines Unglücks, und ich will Ihnen die Wahrheit nicht verheimlichen. Ich schwöre Ihnen, ich habe diese Frau geliebt, abgöttisch geliebt wie ein Sklave! Für sie habe ich alles geopfert: Ich habe mich mit meiner Verwandtschaft zerstritten, habe den Dienst quittiert und die Musik aufgegeben, habe ihr Dinge verziehen, die ich meiner Mutter oder meiner Schwester nie verzeihen würde … Nie war ich mißtrauisch … und gab ihr keinerlei Grund. Wozu dann diese Lüge? Ich verlange keine Liebe, aber weshalb denn dieser gemeine Betrug? Wenn du mich nicht mehr liebst, dann sag es offen und ehrlich, um so mehr als du meine Ansichten in dieser Beziehung kennst...«

Mit Tränen in den Augen und am ganzen Körper zitternd, schüttete Abogin dem Doktor sein Herz aus. Er sprach leidenschaftlich, preßte beide Hände an die Brust und gab bedenkenlos all seine Familiengeheimnisse preis. Er schien sogar froh darüber zu sein, daß diese Geheimnisse sich schließlich aus seinem Inneren losrissen. Hätte er auf diese Weise zwei Stunden lang sein Herz ausschütten können, wäre ihm zweifellos leichter zumute gewesen. Wer weiß, wenn der Doktor ihm zugehört und freundschaftliches Mitgefühl entgegengebracht hätte, dann hätte er sich vielleicht, wie das oft der Fall ist, mit seinem Kummer widerspruchslos abfinden können, ohne noch unnötige Dummheiten zu machen... Doch es kam alles ganz anders. Während Abogin sprach, ging mit dem tief verletzten Doktor eine merkliche Veränderung vor. Der Gleichmut und das Erstaunen auf seinem Gesicht wichen allmählich dem Ausdruck bitterer Kränkung, der Entrüstung, der Wut. Seine Gesichtszüge wurden immer schärfer, härter und unangenehmer. Als Abogin ihm das Bild einer jungen Frau mit dem schönen, aber abweisenden und ausdruckslosen Gesicht einer Nonne vor die Nase hielt und ihn fragte, ob man beim Anblick dieses Gesichts vermuten könne, daß es zu einer Lüge fähig sei, da sprang der Doktor plötzlich auf und sagte mit blitzenden Augen, wobei er jedes Wort deutlich betonte:

»Wozu erzählen Sie mir das alles? Ich will das nicht hören! Ich will nicht!« Er schrie und schlug mit der Faust auf den Tisch. »Was gehen mich Ihre abgeschmackten Geheimnisse an, zum Teufel damit! Was fällt Ihnen ein, mir solche Platitüden zu erzählen! Oder denken Sie etwa, ich bin noch nicht genug beleidigt worden? Bin ich ein Lakai, den man aufs äußerste beleidigen kann? Ja?«

Abogin wich vor Kirilow zurück und starrte ihn entgeistert an.

»Weshalb haben Sie mich hierhergebracht?« fuhr der Doktor fort, wobei sein Bart zitterte. »Wenn Sie aus purem Übermut geheiratet haben und Sie unbedingt ein Rührstück zum besten geben wollen, was soll ich dabei? Was gehen mich Ihre Liebesgeschichten an? Lassen Sie mich in Ruhe! Üben Sie sich in vornehmem Kulakentum, schmücken Sie sich mit Ihren humanen Ideen, spielen Sie (hier schielte der Doktor auf das Cello) – spielen Sie Kontrabaß und Posaune, werden Sie fett wie ein Kapaun, aber wagen Sie nicht, sich über einen Menschen lustig zu machen! Wenn Sie ihm schon keine Achtung entgegenbringen können, dann verschonen Sie ihn wenigstens mit Ihrer Aufmerksamkeit!«

»Erlauben Sie, was soll das heißen?« fragte Abogin errötend.

»Das soll heißen, daß es niederträchtig und gemein ist, so mit Menschen zu spielen! Ich bin Arzt, und Sie halten Ärzte und überhaupt alle arbeitenden Menschen, die nicht nach Parfum und Prostitution riechen, für Ihre Lakaien und für ungebildetes Pack, nun meinetwegen, aber niemand hat Ihnen das Recht gegeben, aus einem Menschen, der leidet, ein Requisit zu machen!«

»Wie reden Sie überhaupt mit mir?« fragte Abogin leise, und sein Gesicht verzog sich wieder zu einer Grimasse, aber diesmal ganz deutlich vor Wut.

»Nein, wie konnten Sie es wagen, obwohl Sie von meinem Leid wußten, mich hierherzubringen, damit ich mir Ihre Platitüden anhöre?« schrie der Doktor und schlug erneut mit der Faust auf den Tisch. »Wer hat Ihnen das Recht gegeben, sich derart über fremdes Leid lustig zu machen?«

»Sie haben wohl den Verstand verloren!« schrie nun seinerseits Abogin. »Von Großmut keine Spur! Ich bin selbst zutiefst unglücklich und … und …«

»Unglücklich«, erwiderte der Doktor mit einem verächtlichen Grinsen. »Nehmen Sie dieses Wort nicht in den Mund, es trifft auf Sie nicht zu. Ein Kapaun, den das überflüssige Fett plagt, ist auch unglücklich. Tagediebe, die das Geld für ihre Wechsel nicht auftreiben können, behaupten ebenfalls von sich, sie seien unglücklich. Diese jämmerlichen Gestalten!«

»Mein Herr, Sie vergessen sich!« schrie Abogin. »Für solche Worte … duelliert man sich! Ist Ihnen das klar?«

Abogin griff hastig in seine Seitentasche, zog seine Brieftasche heraus, entnahm ihr zwei Geldscheine und schleuderte sie auf den Tisch.

»Das ist für Ihren Besuch!« sagte er, wobei seine Nasenflügel zitterten. »Ihr Honorar!«

»Wagen Sie es nicht, mir Geld anzubieten!« schrie der Doktor und fegte die Scheine vom Tisch. »Für eine Beleidigung zahlt man nicht mit Geld!«

Abogin und der Doktor standen sich Auge in Auge gegenüber und überschütteten sich in ihrer Wut gegenseitig mit den übelsten Beleidigungen. Wohl nie zuvor im Leben, nicht einmal im Fieberwahn, hatten sie so viel Ungerechtes, Aggressives und Sinnloses von sich gegeben. Aus beiden sprach in seiner ganzen Schärfe der Egoismus der Unglücklichen. Unglückliche Menschen sind egoistisch, böse, ungerecht, aggressiv und können noch weniger als Dummköpfe ihrem Gegenüber Verständnis entgegenbringen. Anstatt zu verbinden, trennt das Unglück die Menschen, und selbst dort, wo sie durch ähnliches Leid – so sollte man meinen – verbunden sein müßten, geschehen weit mehr Ungerechtigkeiten und Grausamkeiten als in einer relativ zufriedenen Umgebung.

»Lassen Sie mich nach Hause bringen!« schrie der Doktor nach Atem ringend.

Abogin klingelte heftig. Als auf sein Klingeln niemand erschien, versuchte er es noch einmal und schleuderte dann wütend das Glöckchen auf den Boden; es schlug dumpf auf den Teppich und gab einen kläglichen Ton von sich, ähnlich dem Stöhnen eines Sterbenden. Da erschien der Diener.

»Wo habt ihr euch versteckt, der Teufel soll euch holen!« Der Hausherr stürzte mit geballten Fäusten auf ihn zu. »Wo warst du gerade? Geh und sag, man soll diesem Herrn die Kalesche geben, und für mich laß die Kutsche anspannen! Warte!« rief er, als der Diener schon gehen wollte. »Daß bis morgen kein Verräter mehr in meinem Haus ist! Alle raus! Ich stelle neue Dienstboten ein! Ihr Halunken!«

Abogin und der Doktor warteten schweigend auf die Wagen. Bei ersterem stellte sich allmählich jener Ausdruck von Wohlgenährtheit und feiner Eleganz wieder ein. Er schritt im Empfangszimmer auf und ab, schüttelte affektiert den Kopf und legte sich offensichtlich einen Plan zurecht. Seine Wut war immer noch nicht verraucht, aber er gab sich den Anschein, als bemerke er seinen Feind nicht... Der Doktor hingegen stand da, hielt sich mit einer Hand an der Tischkante fest und sah Abogin mit einer fast zynischen, abgrundtiefen Verachtung an, wie sie nur Leid und Unglück hervorbringen können, wenn sie auf Wohlgenährtheit und Eleganz stoßen.

Als der Doktor kurz darauf in den Wagen stieg und losfuhr, war sein Blick noch immer von Verachtung erfüllt. Es war dunkel, viel dunkler als eine Stunde zuvor. Die rötliche Mondsichel war bereits hinter einem Hügel verschwunden, und die Wolken, die diese bewacht hatten, lagen wie dunkle Flecken zwischen den Sternen. Die Kutsche mit den roten

Lichtern holperte über den Weg und überholte den Doktor. Da fuhr nun Abogin dahin, um seiner Wut freien Lauf zu lassen und weiter Dummheiten zu machen…

Während der ganzen Fahrt dachte der Doktor weder an seine Frau noch an Andrej, sondern nur an Abogin und an die Menschen in jenem Haus, das er soeben verlassen hatte. Seine Gedanken waren ungerecht, hart und unmenschlich. Er verurteilte Abogin ebenso wie dessen Frau und Paptschinski und alle, die im rosigen Halbdunkel lebten und nach Parfum dufteten. Die ganze Fahrt über dachte er voller Haß an sie und verachtete sie so sehr, daß es ihm fast einen Stich ins Herz versetzte. Und in seinem Kopf entstand eine feste Vorstellung von diesen Menschen.

Die Zeit wird vergehen, und auch Kirilows Leid wird vergehen, die ungerechte Vorstellung aber, eines menschlichen Herzens unwürdig, wird bleiben und sich bis an sein Lebensende im Kopf des Doktors festsetzen.

(Barbara Schaefer)

SCHLAFEN, NUR SCHLAFEN!

Nacht. Das Kindermädchen Warka, etwa dreizehn Jahre alt, schaukelt die Wiege, in der das Kind liegt, und summt kaum hörbar vor sich hin:

Baju-bajuschki-baju,
ein Liedchen sing ich dir ...

Vor der Ikone brennt ein grünes Öllämpchen; quer durch das Zimmer ist von Ecke zu Ecke eine Leine gespannt, an der Windeln und eine große schwarze Hose hängen. Von dem Lämpchen fällt ein großer grüner Fleck an die Decke, und Windeln und Hose werfen lange Schatten auf Ofen, Wiege und Warka ... Wenn das Lämpchen flackert, werden der Fleck und die Schatten lebendig und geraten in Bewegung, als ginge ein Wind. Es ist stickig, riecht nach Kohlsuppe und Schusterwaren. Das Kind weint. Es ist vom Weinen längst heiser und erschöpft, schreit aber immer noch, und keiner weiß, wann es sich beruhigen wird. Warka aber möchte schlafen. Die Augen fallen ihr zu, den Kopf zieht es nach unten, der Nacken tut ihr weh. Sie kann weder Lider noch Lippen bewegen, und ihr scheint, als sei ihr Gesicht ausgetrocknet und zu Holz erstarrt, als sei ihr Kopf so klein geworden wie ein Stecknadelkopf.

»Baju-bajuschki-baju«, summt sie, »ein Breichen koch ich dir …«

Im Ofen zirpt das Heimchen. Im Nachbarzimmer, hinter der Tür, schnarchen der Hausherr und der Geselle Afanassi … Die Wiege knarrt klagend und Warka selbst summt – all das verschmilzt zu einer nächtlichen Schlafmusik, die süß klingt, wenn man zu Bett geht. Doch jetzt reizt und quält die Musik nur, denn sie macht schläfrig, Schlafen ist aber verboten; wenn Warka einschläft – und das verhüte Gott –, dann wird ihre Herrschaft sie verprügeln.

Das Lämpchen flackert. Der grüne Fleck und die Schatten geraten in Bewegung, kriechen in Warkas halb offene, unbewegliche Augen und werden in ihrem halb schlafenden Gehirn zu nebelhaften Traumbildern. Sie sieht dunkle Wolken, die am Himmel einander hinterherjagen und schreien wie ein Kind. Auf einmal aber kommt Wind auf, die Wolken sind verschwunden, und Warka sieht eine breite, verschlammte Landstraße. Auf der Landstraße ziehen Wagenreihen, schleppen sich Leute mit Bündeln auf dem Rücken dahin, jagen Schatten vor und zurück; auf beiden Seiten sieht man durch kalten, drohenden Nebel den Wald. Plötzlich fallen die Leute mit den Bündeln und die Schatten auf die Erde in den Schlamm. »Wozu denn das?« fragt Warka. »Schlafen, schlafen!« antworten sie ihr. Und sie schlafen fest ein, schlafen süß; auf den Telegraphendrähten aber sitzen Raben und Elstern, die schreien wie ein Kind und versuchen, sie aufzuwecken.

»Baju-bajuschki-baju, ein Liedchen sing ich dir …« summt Warka und sieht sich schon in einer dunklen, stickigen Bauernhütte.

Auf dem Boden wirft sich ihr verstorbener Vater Jefim Stepanow hin und her. Sie sieht ihn nicht, hört aber, wie er sich vor Schmerzen auf dem Boden wälzt und stöhnt. Bei ihm ist, wie er sagt, »der Bruch so richtig in Fahrt gekommen«. Der Schmerz ist so stark, daß er kein einziges Wort herausbringt und nur die Luft einsaugt und mit den Zähnen einen Trommelwirbel schlägt:

»Bu-bu-bu-bu …«

Ihre Mutter Pelageja ist ins Gutshaus zu den Herrschaften gelaufen, um ihnen zu sagen, daß Jefim im Sterben liegt. Sie ist schon lange fort und müßte bald zurück sein. Warka liegt auf dem Ofen, schläft nicht und lauscht auf das »bu-bu-bu« ihres Vaters. Jetzt ist zu hören, wie jemand zur Hütte gefahren kommt. Die Herrschaften haben den jungen Arzt geschickt, der bei ihnen aus der Stadt zu Besuch ist. Der Arzt tritt in die Hütte; man kann ihn im Dunkeln nicht sehen, aber hören, wie er hustet und die Tür zuklappen läßt.

»Macht Licht«, sagt er.

»Bu-bu-bu …« antwortet Jefim.

Pelageja stürzt zum Ofen und sucht die Scherbe mit den Streichhölzern. Einen Augenblick herrscht Schweigen. Der Arzt wühlt in seinen Taschen und zündet eines seiner Streichhölzer an.

»Sofort, Väterchen, sofort«, sagt Pelageja, stürzt

aus der Hütte und kommt wenig später mit einem Kerzenstummel zurück.

Jefim hat gerötete Wangen, seine Augen glänzen, und sein Blick ist ungewöhnlich durchdringend, so als könne Jefim durch Hütte und Arzt hindurchsehen.

»Na, was ist? Was hast du dir da ausgedacht?« sagt der Arzt und beugt sich über ihn. »Da schau her. Hast du das schon lange?«

»Was soll's? Zu sterben, Euer Wohlgeboren, ist's Zeit… Werd nicht unter den Lebenden bleiben…«

»Hör auf mit dem Unsinn… Wir machen dich schon wieder gesund!«

»Wie Sie wünschen, Euer Wohlgeboren, ergebensten Dank, aber ich weiß schon… Wenn der Tod mal gekommen ist, was soll man da noch machen.«

Der Arzt gibt sich fast eine Viertelstunde mit Jefim ab, dann richtet er sich auf und sagt:

»Da kann ich nichts machen… Du mußt ins Krankenhaus fahren, dort werden sie dich operieren. Fahr aber sofort los… Du mußt unbedingt hinfahren! Es ist zwar etwas spät, im Krankenhaus schlafen schon alle, aber das macht nichts, ich gebe dir einen Zettel mit. Hörst du?«

»Aber Väterchen, wie soll er denn fahren?« sagt Pelageja. »Wir haben kein Pferd.«

»Macht nichts. Ich bitte die Herrschaften, die geben euch ein Pferd.«

Der Arzt geht fort, die Kerze erlischt, und wieder hört man das »Bu-bu-bu«… Nach einer halben

Stunde fährt jemand vor der Hütte vor. Die Herrschaften haben einen Bauernwagen geschickt, um Jefim ins Krankenhaus zu bringen. Jefim macht sich fertig und fährt los.

Nun aber bricht ein schöner, klarer Morgen an. Pelageja ist nicht zu Hause: Sie ist ins Krankenhaus gegangen, um zu erfahren, was mit Jefim ist. Irgendwo weint ein Kind, und Warka hört, wie jemand mit ihrer Stimme singt:

»Baju-bajuschki-baju, ein Liedchen sing ich dir ...«

Pelageja kommt zurück; sie bekreuzigt sich und flüstert:

»Nachts haben sie ihm den Bruch wieder reingedrückt, und gegen Morgen hat er seine Seele in Gottes Hand gegeben ... Ewige Ruhe, Friede seiner Seele ... Zu spät gebracht, sagen sie ... Hätten eher kommen sollen ...«

Warka geht in den Wald, und dort weint sie, aber plötzlich schlägt sie jemand mit solcher Gewalt auf den Hinterkopf, daß sie mit der Stirn gegen eine Birke prallt. Sie blickt auf und sieht ihren Herrn, den Schuster, vor sich.

»Was soll denn das, du Nichtsnutzige! Das Kind weint, und du schläfst?«

Er zieht sie schmerzhaft am Ohr, sie schüttelt den Kopf, schaukelt die Wiege und summt ihr Lied. Der grüne Fleck und die Schatten von Hose und Windeln schwanken, zwinkern ihr zu und ergreifen bald wieder Besitz von ihrem Gehirn. Wieder sieht sie die schlammbedeckte Landstraße. Die Leute mit den Bündeln und die Schatten haben sich lang ausgestreckt und schlafen fest. Warka betrachtet sie und möchte leidenschaftlich gern schlafen; mit Wonne würde sie sich hinlegen, aber ihre Mutter Pelageja geht neben ihr und treibt sie weiter. Die beiden eilen in die Stadt, um Arbeit zu suchen.

»Gebt eine milde Gabe, um Christi willen!« bittet die Mutter alle, die ihnen begegnen. »Zeigt göttliche Gnade, barmherzige Herrschaften!«

»Gib das Kind her!« antwortet ihr eine vertraute Stimme. »Gib das Kind her!« wiederholt dieselbe Stimme, aber schon böse und scharf. »Schläfst du etwa, du Niederträchtige?«

Warka springt auf, sieht sich um und begreift, was los ist: Da gibt es keine Landstraße, keine Pelageja, niemand kommt ihr entgegen, sondern mitten im Zimmer steht nur die Hausfrau, die gekommen ist, um ihr Kind zu stillen. Während die dicke, breitschultrige Frau ihr Kind stillt und beruhigt, steht Warka da, schaut sie an und wartet, bis sie fertig ist. Draußen wird die Luft schon blau, die Schatten und der grüne Fleck an der Decke werden merklich blasser. Bald ist Morgen.

»Nimm!« sagt die Hausfrau und knöpft sich über der Brust das Hemd zu. »Es weint. Ist wohl vom bösen Blick behext.«

Warka nimmt das Kind, legt es in die Wiege und fängt wieder an, es zu schaukeln. Der grüne Fleck und die Schatten verschwinden allmählich, und bald ist niemand mehr da, der in ihren Kopf kriecht und ihr das Gehirn vernebelt. Aber schlafen möchte sie immer noch, schrecklich gern möchte sie schlafen! Warka legt den Kopf auf den Rand der Wiege und schaukelt mit ihrem ganzen Körper, um den Schlaf zu überwinden, aber trotzdem fallen die Augen ihr zu, und der Kopf ist schwer.

»Warka, heiz den Ofen an!« ertönt hinter der Tür die Stimme des Hausherrn.

Es ist also schon wieder Zeit, aufzustehen und sich an die Arbeit zu machen. Warka läßt die Wiege stehen und läuft in den Schuppen, um Holz zu holen. Sie freut sich. Wenn man läuft und geht, will man schon nicht mehr so dringend schlafen wie im Sitzen. Sie trägt das Holz herein, heizt den Ofen und spürt, wie sich ihr erstarrtes Gesicht glättet und ihre Gedanken klarer werden.

»Warka, setz den Samowar auf!« ruft die Hausfrau.

Warka spaltet Späne, kann sie aber kaum anzünden und in den Samowar stecken, als schon der nächste Befehl ertönt:

»Warka, putz dem Herrn die Galoschen!«

Sie setzt sich auf den Boden, putzt die Galoschen und denkt, daß es schön wäre, den Kopf in die große, tiefe Galosche zu stecken und ein bißchen darin zu dösen … Und plötzlich wächst die Galosche, schwillt an, füllt das Zimmer ganz aus, Warka läßt die Bürste fallen, schüttelt aber sofort wieder den Kopf, reißt die Augen auf und versucht so zu schauen, daß die

Gegenstände nicht wachsen und sich nicht vor ihren Augen bewegen.

»Warka, wisch die Außentreppe, sonst muß man sich ja vor der Kundschaft schämen!«

Warka wischt die Treppe, räumt die Zimmer auf, heizt dann den anderen Ofen und läuft zum Laden. Arbeit gibt es viel und nicht eine einzige freie Minute.

Aber nichts ist so schwer, wie auf einem Fleck am Küchentisch zu stehen und Kartoffeln zu schälen. Es zieht ihr den Kopf zum Tisch, die Kartoffeln verschwimmen vor ihren Augen, das Messer fällt ihr aus der Hand, und daneben geht die dicke, wütende Hausfrau mit hochgekrempelten Ärmeln auf und ab und redet so laut, daß es in den Ohren dröhnt. Ebenso quälend ist es, beim Mittagessen zu bedienen, zu waschen, zu nähen. Es gibt Minuten, da möchte man sich, ohne auf irgend etwas zu achten, zu Boden fallen lassen und schlafen.

Der Tag vergeht. Als Warka sieht, wie die Fenster dunkel werden, drückt sie sich die erstarrenden Schläfen und lächelt, ohne selber zu wissen, worüber sie sich freut. Die Abenddämmerung streichelt ihre zufallenden Augen und verspricht ihr bald einen tiefen Schlaf. Abends bekommt Warkas Herrschaft Gäste.

»Warka, setz den Samowar auf!« ruft die Hausfrau.

Der Samowar der Herrschaft ist klein, und bis alle Gäste genug Tee getrunken haben, muß er an die fünfmal geheizt werden. Nach dem Tee rührt sich Warka eine ganze Stunde nicht vom Fleck, schaut die Gäste an und wartet auf neue Aufträge.

»Warka, lauf und kauf drei Flaschen Bier!«

Sie reißt sich los und versucht, möglichst schnell zu laufen, um den Schlaf zu vertreiben.

»Warka, lauf und hol Wodka! Warka, wo ist der Korkenzieher? Warka, schupp den Hering!«

Und endlich sind die Gäste gegangen; die Lichter verlöschen, die Herrschaft legt sich schlafen.

»Warka, wieg das Kind!« ertönt der letzte Befehl.

Im Ofen zirpt das Heimchen; der grüne Fleck an der Decke und die Schatten von Hose und Windeln kriechen wieder in Warkas halb offene Augen, zwinkern und vernebeln ihr den Kopf.

»Baju-bajuschki-baju«, summt sie, »ein Liedchen sing ich dir...«

Das Kind schreit und ist vom Schreien schon ganz erschöpft. Warka sieht wieder die schlammige Landstraße, die Leute mit den Bündeln, Pelageja, ihren Vater Jefim. Sie versteht alles, erkennt alle, nur kann sie durch den Halbschlaf hindurch beim besten Willen die Kraft nicht erkennen, die sie an Händen und Füßen fesselt, sie niederdrückt und am Leben hindert. Sie schaut sich um, sucht diese Kraft, um sich von ihr zu befreien, findet sie aber nicht. Schließlich, schon ganz erschöpft, strengt sie all ihre Kräfte an, schaut nach oben auf den flackernden grünen Fleck, und nachdem sie auf das Schreien gehorcht hat, findet sie den Feind, der sie am Leben hindert.

Dieser Feind ist das Kind.

Sie lacht und wundert sich: Wie hatte sie so eine Kleinigkeit nicht eher begreifen können? Der grüne Fleck, die Schatten und das Heimchen lachen und wundern sich offenbar auch.

Die aberwitzige Vorstellung ergreift von Warka Besitz. Sie steht vom Hocker auf und geht mit breitem Lächeln und ohne zu blinzeln im Zimmer umher. Ihr ist wohl und vergnügt bei dem Gedanken, daß sie sich gleich von dem Kind befreien wird, durch das sie an Händen und Füßen gefesselt ist... Das Kind töten und dann schlafen, schlafen, schlafen...

Lachend, dem grünen Fleck zuzwinkernd und mit dem Finger drohend, stiehlt sich Warka zur Wiege und beugt sich über das Kind. Als sie es erwürgt hat, legt sie sich schnell auf den Boden, lacht vor Freude, daß sie schlafen darf, und schläft im nächsten Augenblick schon fest wie eine Tote...

(Ulrike Lange)

NACH DEM THEATER

Nadja Selenina war mit ihrer Mutter vom Theater heimgekehrt, wo man den »Onegin« gegeben hatte. In ihrem Zimmer hatte sie rasch ihr Kleid ausgezogen, ihren Zopf gelöst und sich in Rock und weißer Bluse an den Tisch gesetzt, um auch so einen Brief zu schreiben wie Tatjana.

»Ich liebe Sie«, schrieb sie, »aber Sie, nein, Sie lieben mich nicht!«

Sie schrieb es nieder und lachte auf. Sie war erst sechzehn, und sie liebte noch niemanden. Sie wußte, daß der Offizier Gorny und der Student Grusdew sie liebten; nun aber, nach der Oper, zweifelte sie nur zu gern an der Liebe beider. Ungeliebt und unglücklich zu sein – wie interessant das war! Wenn der eine stark liebt, der andere jedoch gleichgültig ist, dann liegt darin etwas Schönes, Bewegendes, Poetisches. Onegin ist dadurch interessant, daß er gar nicht liebt, und Tatjana ist bezaubernd, weil sie so sehr liebt. Wenn beide einander mit gleicher Intensität liebten und glücklich wären, so würden sie vermutlich langweilig wirken.

»Hören Sie auf, mich ständig Ihrer Liebe zu versichern«, schrieb sie weiter und dachte dabei an Gorny, den Offizier. »Ich kann Ihnen nicht glauben. Sie sind sehr klug und gebildet, Sie sind ernst, Sie sind unheimlich begabt, vielleicht erwartet Sie eine glänzende Zukunft. Ich aber bin ein uninteressantes, bedeutungsloses Mädchen, und Sie wissen selbst sehr gut, daß ich in Ihrem Leben nur ein Hindernis wäre. Zwar haben Sie sich in mich verliebt und glauben, Sie hätten in mir Ihr Ideal gefunden, doch das war ein Irrtum, und schon jetzt fragen Sie sich verzweifelt: Warum mußte ich bloß diesem Mädchen begegnen? Und nur Ihr guter Charakter hindert Sie daran, das zuzugeben!«

Vor lauter Selbstmitleid begann Nadja zu weinen und fuhr fort:

»Es fällt mir schwer, Mutter und Bruder zu verlassen. Und wenn, dann würde ich die Mönchskutte anziehen und fortgehen, irgendwohin. Und Sie wären frei und würden eine andere lieben. Ach, wäre ich doch tot!«

Vor lauter Tränen verschwamm ihr das Geschriebene vor den Augen. Überall, auf dem Tisch und dem Fußboden und an der Zimmerdecke, zitterten kleine Regenbogen, es war, als schaue Nadja durch ein Prisma. Unfähig zu schreiben, lehnte sie sich im Sessel zurück und ließ ihre Gedanken zu Gorny schweifen.

Mein Gott, was für ein interessanter, was für ein bezaubernder Mann! Nadja erinnerte sich, was für einen schönen Ausdruck das Gesicht des Offiziers annahm, wenn er in ein Streitgespräch über Musik verwickelt wurde, wie nachgiebig und weich, wie schuldbewußt seine Miene dabei werden konnte.

Und welche Mühe er sich dann gab, alle Leidenschaft aus seiner Stimme zu verbannen. In der Gesellschaft, wo kühler Dünkel und Gleichmut als Zeichen guter Erziehung und bester Umfangsformen gelten, hat man seine Leidenschaft zu verbergen. Und das tut er auch, aber es gelingt ihm nicht, und alle wissen nur zu gut, daß er die Musik leidenschaftlich liebt. Die endlosen Streitereien über Musik, die kühnen Urteile von Ignoranten versetzen ihn in ständige Anspannung, ängstlich und eingeschüchtert schweigt er. Er spielt ausgezeichnet Klavier, wie ein wirklicher Pianist, und wenn er nicht Offizier geworden wäre, dann wäre er bestimmt ein berühmter Musiker.

Die Tränen waren getrocknet. Nadja dachte daran, daß Gorny ihr mitten im Symphoniekonzert seine Liebe erklärt hatte, und dann noch einmal, unten, in der Garderobe, als es von allen Seiten zog.

»Es freut mich sehr, daß Sie endlich die Bekanntschaft des Studenten Grusdew gemacht haben«, schrieb sie weiter. »Er ist ein sehr kluger Mensch, bestimmt werden Sie ihn liebgewinnen. Gestern war er bei uns und blieb bis zwei Uhr. Wir waren alle hingerissen von ihm, und ich bedaure, daß Sie uns nicht aufgesucht haben. Er sagte so viele bemerkenswerte Dinge.«

Nadja legte die Arme auf den Tisch und ließ den Kopf sinken, ihre Haare bedeckten den Brief. Sie erinnerte sich daran, daß auch der Student Grusdew sie liebte und ebensoviel Recht auf einen Brief von ihr hatte wie Gorny. Überhaupt: Sollte sie nicht eher Grusdew schreiben? Ganz grundlos regte sich Freude in ihrer Brust. Zuerst war diese Freude ganz klein und hüpfte wie ein Gummibällchen darin umher, doch dann wurde sie immer größer, dehnte sich aus und brach wie eine Welle hervor. Nadja hatte Gorny ebenso wie Grusdew schon vergessen, ihre Gedanken verwirrten sich, die Freude aber wuchs und wuchs; aus der Brust strömte sie in Arme und Beine, und es war ihr, als berührte ein leichter, kühler Wind ihren Kopf und spielte mit ihrem Haar. Ihre Schultern begannen in leisem Lachen zu beben, und das tat auch der Tisch, dann das Glas der Lampe, und aus ihren Augen fielen Tränen auf den Brief. Sie fühlte sich nicht imstande, diesem Lachen Einhalt zu gebieten, und um sich zu beweisen, daß sie nicht ohne Grund lachte, beeilte sie sich, an etwas Komisches zu denken.

»Was für ein komischer Pudel!« sprach sie vor sich hin und fühlte, daß sie vor Lachen fast erstickte. »Was für ein komischer Pudel!«

Sie mußte daran denken, wie Grusdew gestern nach dem Tee mit dem Pudel Maxim herumgetollt und dann von einem sehr klugen Pudel erzählt hatte. Dieser jagte draußen einem Raben nach, der aber drehte sich nach ihm um und sagte:

»Ach, du Spitzbube!«

Der Pudel, der nicht wußte, daß er es mit einem gelehrten Raben zu tun hatte, wurde fürchterlich verlegen und wich unschlüssig zurück, dann fing er an zu bellen.

»Nein, besser, ich liebe Grusdew«, beschloß Nadja und zerriß den Brief.

Sie begann über den Studenten nachzudenken, über seine Liebe, über ihre Liebe. Doch das Ergebnis war, daß ihre Gedanken immer mehr verschwammen, und schließlich dachte sie über alles nach: über die Mama, über die Straße, den Bleistift, das Klavier … Voller Freude war ihr Denken, und sie fand alles gut, fand alles herrlich, und die Freude sagte ihr, daß das noch nicht alles sei, daß es ein wenig später noch schöner würde. Bald wird es Frühling, dann Sommer, Zeit, mit der Mama nach Gorbiki zu fahren; dann wird Gorny auf Urlaub kommen, wird mit ihr durch den Garten spazieren und ihr den Hof machen. Und auch Grusdew wird kommen, wird mit ihr Krocket und Kegel spielen und ihr lustige oder seltsame Dinge erzählen. Es verlangte sie leidenschaftlich nach dem Garten und der Dunkelheit, nach dem reinen Himmel und den Sternen. Von neuem begannen ihre Schultern vor Lachen zu beben, und es kam ihr so vor, als rieche es im Zimmer nach Wermut und als schlage ein Zweig gegen das Fenster.

Sie ging in ihr Schlafzimmer, setzte sich aufs Bett und wußte nicht wohin mit dieser großen, mit dieser sie quälenden Freude. Und den Blick auf das Heiligenbild gerichtet, das an der Lehne ihres Bettes hing, sagte sie:

»Oh Gott! Oh mein Gott!«

(Kay Borowsky)

ANGST

Erzählung meines Freundes

Dmitri Petrowitsch Silin hatte ein Universitätsstudium beendet und in Petersburg gedient, mit dreißig jedoch den Dienst aufgegeben und befaßte sich seither mit Landwirtschaft. Die Wirtschaft lag ihm durchaus, und doch schien mir, als wäre er nicht am richtigen Platz und täte gut daran, wieder nach Petersburg zu gehen. Wenn er mich, sonnenverbrannt, grau von Staub und erledigt von der Arbeit, am Tor oder an der Auffahrt empfing und dann beim Abendessen mit der Müdigkeit kämpfte und von seiner Frau wie ein Kind ins Bett gebracht wurde, oder wenn er, nach überwundener Müdigkeit, mit seiner weichen, herzlichen, fast flehenden Stimme begann, seine schönen Gedanken darzulegen, dann sah ich in ihm keinen Landwirt und keinen Agronom, sondern nur einen gequälten Menschen. Und es war mir klar, daß er keinerlei Wirtschaft brauchte und nur eins für ihn zählte: daß der Tag vorüberging und man Gott dafür dankbar sein mußte.

Ich war gern bei ihm, und es kam vor, daß ich auf seinem Gut zwei oder drei Tage zu Gast war. Ich mochte sein Haus, den Park, den großen Obstgarten und das Flüßchen, und auch seine Philosophie, die, wenn auch ein wenig kraftlos und gekünstelt, doch klar war. Vermutlich habe ich auch ihn selber gemocht, obwohl ich mir da nicht ganz sicher bin, weil ich aus meinen damaligen Gefühlen noch immer nicht schlau werde. Er war ein kluger, guter, gar nicht langweiliger und sehr aufrichtiger Mensch; ich erinnere mich aber noch sehr genau, daß ich unangenehm berührt war, als er mir seine tiefsten Geheimnisse anvertraute und unseren Beziehungen den Namen Freundschaft gab, und daß ich mich nicht wohl dabei fühlte. In seiner Freundschaft zu mir lag etwas Peinliches, etwas Lästiges, und ich hätte ihr mit Vergnügen eine gewöhnliche, weniger herzliche Beziehung vorgezogen.

Die Sache war die, daß mir seine Frau, Marija Sergejewna, außerordentlich gefiel. Verliebt war ich nicht, mir gefielen aber ihr Gesicht, ihre Augen, ihre Stimme, ihr Gang, ich sehnte mich nach ihr, wenn ich sie länger nicht gesehen hatte, und in meiner Phantasie nahm dann niemand so bereitwillig Gestalt an wie diese junge, hübsche, elegante Frau. Ich hatte ihr gegenüber keinerlei bestimmte Absichten und gab mich keinen Träumen hin; doch jedes Mal, wenn wir miteinander allein waren, mußte ich daran denken, daß ihr Mann mich für seinen Freund hielt, und ich fühlte mich unwohl. Wenn sie auf dem Flügel meine Lieblingsstücke spielte oder mir etwas Interessantes erzählte, hörte ich mit Genuß zu, und gleichzeitig ging mir der Gedanke durch den Kopf, daß sie ihren Mann liebt, daß er mein Freund ist und daß sie selbst mich für seinen Freund hält, und das verdarb mir die Stimmung; ich wurde träge, langweilig und ungeschickt. Sie bemerkte diese Veränderung und sagte dann gewöhnlich: »Sie langweilen sich ohne Ihren Freund. Ich will ihn vom Feld holen lassen.«

Und wenn Dmitri Petrowitsch kam, sagte sie: »Nun, Ihr Freund ist da. Freuen Sie sich.«

So ging es anderthalb Jahre.

Einmal, an einem Sonntag im Juli, fuhr ich mit Dmitri Petrowitsch aus Langeweile in das große Dorf Kluschino, um dort für das Abendessen einzukaufen. Während wir von Laden zu Laden bummelten, ging die Sonne unter und der Abend brach an, ein Abend, den ich wohl in meinem ganzen Leben nicht vergessen werde. Nachdem wir Käse, der wie Seife aussah, und eine steinharte, nach Teer riechende Wurst gekauft hatten, begaben wir uns in die Kneipe und fragten nach Bier. Unser Kutscher fuhr zur Schmiede, um die Pferde beschlagen zu lassen, und wir sagten ihm, daß wir bei der Kirche auf ihn warten würden. Wir gingen umher, redeten, lachten über unsere Einkäufe, und schweigend und mit der geheimnisvollen Miene eines Polizeispitzels folgte uns ein Mann, der in unserem Kreis einen recht seltsamen Spitznamen trug: Vierzig Märtyrer. Dieser Vierzig Märtyrer war kein anderer als Gawrila Sewerow, oder einfach Gawrjuschka, der kurze Zeit bei mir als Lakai gedient und den ich wegen Trunksucht entlassen hatte. Er hatte auch bei Dmitri Petrowitsch gedient und war wegen des gleichen Lasters entlassen worden. Er war ein schlimmer Säufer, und sein Schicksal sah genauso berauscht und wüst aus wie er selbst. Sein Vater war Geistlicher gewesen, seine Mutter Adlige, seiner Geburt nach gehörte er also zu einer privilegierten Schicht; aber wie lange ich sein ausgemergeltes, höfliches und immer schwitzendes Gesicht auch betrachtete, seinen roten, schon grau werdenden Bart, sein erbärmliches zerrissenes Jackett und sein rotes, über die Hosen hängendes Hemd, ich vermochte doch keine Spur von dem zu entdecken, was man bei uns in der Öffentlichkeit als privilegiert bezeichnet. Er nannte sich gebildet und erzählte, er habe an einer geistlichen Lehranstalt studiert, das Studium jedoch nicht beendet, weil man ihn wegen Tabakrauchens relegiert habe; dann hat er im bischöflichen Chor gesungen und etwa zwei Jahre in einem Kloster gelebt, von wo man ihn ebenfalls fortgeschickt hatte, diesmal aber nicht wegen des Rauchens, sondern wegen der »Schwäche«. Er durchquerte zu Fuß zwei Gouvernements, reichte Bittschriften beim Konsistorium und bei verschiedenen Amtsstellen ein und stand viermal vor Gericht. Schließlich blieb er in unserem Kreis hängen und war als Lakai, Waldhüter, Hundewärter und Kirchendiener tätig; er heiratete eine liederliche Witwe, eine Köchin, versank endgültig im Lakaienleben und wurde mit dessen Schmutz und Unannehmlichkeiten so eins, daß er mit einem gewissen Mißtrauen von seiner privilegierten Herkunft sprach, als handle es sich um einen Mythos. Zu der hier beschriebenen

Zeit trieb er sich ohne feste Stelle herum und gab sich als Pferdedoktor und Jäger aus, während seine Frau spurlos verschwunden war.

Von der Kneipe gingen wir zur Kirche und setzten uns in den Vorraum, um auf den Kutscher zu warten. Vierzig Märtyrer stand ein wenig entfernt und hielt sich die Hand vor den Mund, um ehrerbietig in sie hineinzuhusten, falls es nötig sein würde. Es war schon dunkel; es roch stark nach abendlicher Feuchtigkeit, und der Mond ging langsam auf. An dem reinen Sternenhimmel waren nur zwei Wolken, und sie befanden sich gerade über uns: eine große und eine kleinere; einsam zogen sie, wie Mutter und Kind, hintereinander dem erlöschenden Abendrot entgegen.

»Ein herrlicher Tag heute«, sagte Dmitri Petrowitsch.

»Über die Maßen ...« pflichtete Vierzig Märtyrer ihm bei und hustete ehrerbietig in seine Hand. »Was hat Sie, Dmitri Petrowitsch, gütigerweise hierhergeführt?« fragte er mit einschmeichelnder Stimme, offensichtlich in dem Bemühen, ein Gespräch in Gang zu bringen.

Dmitri Petrowitsch antwortete nicht. Vierzig Märtyrer seufzte tief und äußerte leise und ohne uns anzusehen: »Ich leide aus einem einzigen Grund, für den ich mich gegenüber dem Allmächtigen verantworten muß. Natürlich, ich bin ein verlorener und unfähiger Mensch, aber glauben Sie mir auf Ehre und Gewissen: Ohne ein Stück Brot ist man schlechter dran als ein Hund ... Verzeihen Sie, Dmitri Petrowitsch!«

Silin antwortete nicht; er hatte den Kopf auf die Fäuste gestützt und dachte nach. Die Kirche stand am Ende der Straße, auf dem Steilufer, und durch das Gitter der Einfriedung sahen wir den Fluß, die überschwemmten Wiesen auf dem jenseitigen Ufer und den grellen, purpurroten Schein eines Lagerfeuers, um das sich schwarze Menschen und Pferde bewegten. Hinter dem Lagerfeuer blinkten noch mehr Lichter: Das war das Dörfchen ... Dort wurde ein Lied gesungen.

Auf dem Fluß und hier und da auf der Wiese stieg Nebel auf. Hohe schmale Nebelfetzen trieben dicht und milchweiß über dem Wasser, verdeckten den Widerschein der Sterne und klammerten sich an die Weiden. Sie veränderten jeden Augenblick ihr Aussehen, und es schien, als würden sich die einen umarmen, die anderen verbeugen und wieder andere ihre Arme mit weiten Priesterärmeln zum Himmel heben, als beteten sie ... Wahrscheinlich brachten sie Dmitri Petrowitsch auf den Gedanken an Gespenster und Verstorbene, denn er wandte mir sein Gesicht zu und fragte mit einem traurigen Lächeln: »Sagen Sie mir, mein Lieber, warum nehmen wir, wenn wir etwas Schreckliches, Geheimnisvolles und Phantastisches erzählen wollen, das Material nicht aus dem Leben, sondern unbedingt aus der Welt der Gespenster und Schatten von jenseits des Grabes?«

»Schrecklich ist das, was wir nicht begreifen.«

»Aber ist Ihnen das Leben denn begreiflich? Sagen Sie: Verstehen Sie etwa das Leben besser als die jenseitige Welt?«

Dmitri Petrowitsch rückte ganz nah zu mir heran, so daß ich seinen Atem auf meiner Wange spürte. In der Abenddämmerung erschien sein bleiches, hageres Gesicht noch bleicher und sein Bart schwärzer als Ruß. Sein Blick war traurig, aufrichtig und ein wenig erschrocken, als beabsichtigte er, mir etwas Schreckliches zu erzählen. Er sah mir in die Augen und sprach mit seiner gewohnten flehenden Stimme weiter: »Unser Leben und das Jenseits sind gleicherweise unbegreiflich und schrecklich. Wer sich vor Gespenstern fürchtet, der muß sich auch vor mir fürchten, vor diesen Lichtern und vor dem Himmel, denn all das ist, wenn man's recht bedenkt, nicht weniger unfaßbar und phantastisch als das, was aus der jenseitigen Welt kommt. Prinz Hamlet hat sich nicht umgebracht, weil er die Gespenster fürchtete, die ihn in seinem Todesschlaf heimsuchen könnten; sein berühmter Monolog gefällt mir, aber offen gesagt, meine Seele hat er nicht berührt. Ich gestehe Ihnen als Freund, daß ich mir manchmal, in Augenblicken der Niedergeschlagenheit, meine Todesstunde vorgestellt habe und daß meine Phantasie mir Tausende der schwärzesten Visionen gezeigt hat. Es gelang mir sogar, mich in einen Zustand qualvoller Exaltiertheit zu versetzen und Alpträume zu haben, doch all das erschien mir, das versichere ich Ihnen, nicht schrecklicher als die Wirklichkeit. Kurz gesagt, Visionen sind schrecklich, aber schrecklich ist auch das Leben. Ich verstehe das Leben nicht, mein Bester, und ich fürchte es. Vielleicht bin ich ja ein kranker, überdrehter Mensch. Einem normalen, gesunden Menschen scheint es, als verstehe er alles, was er hört und sieht, ich aber habe dieses ›scheint‹ verloren und vergifte mich von Tag zu Tag mit Angst. Es gibt eine Krankheit, die Platzangst; so kranke ich an der Lebensangst. Wenn ich im Gras liege und lange einen Käfer betrachte, der gestern erst geboren wurde und nichts versteht, dann kommt es mir vor, als bestehe sein Leben aus einem fortgesetzten Schrecken, und ich sehe in ihm mich selbst.«

»Aber wovor fürchten Sie sich denn?« fragte ich.

»Ich fürchte mich vor allem. Ich bin von Natur aus kein tief veranlagter Mensch und interessiere mich wenig für Fragen wie die nach dem Jenseits oder dem Schicksal des Menschengeschlechts, in so einer dünnen Luft bewege ich mich selten. In erster Linie fürchte ich mich vor dem Alltäglichen, dem sich keiner von uns entziehen kann. Ich bin nicht zu der Unterscheidung fähig, was in meinen Handlungen Wahrheit ist und was Lüge, und sie beunruhigen mich; ich erkenne, daß die Bedingungen des Lebens und die Erziehung mich in einen engen Kreis der Lüge eingeschlossen haben, daß mein ganzes Leben nichts anderes ist als die tägliche Sorge, wie ich mich und die Leute betrüge, ohne es selbst zu merken. Und ich empfinde Angst bei dem Gedanken, daß ich mich buchstäblich bis zu meinem Tod von dieser

Lüge nicht werde befreien können. Heute tue ich etwas, und morgen verstehe ich schon nicht mehr, wozu ich das tat. In Petersburg trat ich eine Stelle an, erschrak und kam hierher, um mich mit Landwirtschaft zu beschäftigen, und erschrak ebenfalls ... Ich sehe, daß wir wenig wissen und uns deshalb jeden Tag irren, häufig ungerecht sind, andere verleumden, ihnen das Leben schwer machen und alle unsere Kräfte für einen Unsinn vergeuden, den wir nicht brauchen und der uns hindert zu leben, und darum fürchte ich mich, weil ich nicht verstehe, für wen und wozu das alles gut ist. Ich verstehe die Menschen nicht, mein Bester, und ich fürchte sie. Es wird mir angst, wenn ich auf die Bauern schaue, ich weiß nicht, für welche angeblich höheren Ziele sie leiden und wozu sie leben. Wenn das Leben Genuß bedeutet, dann sind sie überflüssige, unnütze Menschen; wenn Ziel und Sinn des Lebens hingegen in der Not liegt und in der absolut hoffnungslosen Unwissenheit, dann ist mir unverständlich, wem und wozu eine derartige Inquisition vonnöten ist. Ich verstehe niemanden und nichts. Verstehen Sie doch bitte dieses Subjekt da!« sagte Dmitri Petrowitsch und wies auf Vierzig Märtyrer. »Denken Sie sich nur mal in ihn hinein!«

Als Vierzig Märtyrer merkte, daß wir beide ihn ansahen, hüstelte er höflich in seine Faust und sagte: »Bei guten Herrschaften bin ich ständig ein treuer Diener gewesen, aber der Hauptgrund waren die geistigen Getränke. Wenn Sie mich jetzt, einen unglücklichen Menschen, in Betracht ziehen würden und mir eine Anstellung gäben, dann würde ich die Ikone küssen. Mein unumstößliches Wort!«

Der Kirchendiener ging vorüber, warf uns einen erstaunten Blick zu und zog am Seil. Die Glocke zerriß die Abendstille und schlug gemessen und lang hallend die zehnte Stunde.

»Es ist ja schon zehn Uhr!« sagte Dmitri Petrowitsch. »Zeit, daß wir fahren. Ja, mein Bester«, äußerte er seufzend, »wenn Sie wüßten, wie ich mich vor den Gedanken meines ganz gewöhnlichen Alltagslebens fürchte, obwohl in ihnen doch, anscheinend, nichts zum Fürchten liegt. Um nicht zu denken, lenke ich mich durch Arbeit ab und sehe zu, daß ich müde werde, um in der Nacht fest zu schlafen. Die Kinder, die Frau – für andere ist das ganz gewöhnlich, für mich ist es schwer, mein Bester, sehr schwer!«

Er wischte sich mit den Händen übers Gesicht, räusperte sich und lächelte. »Könnte ich Ihnen nur erzählen, was für ein Dummkopf ich im Leben war!« sagte er. »Alle sagen zu mir: Sie haben eine liebe Frau, wunderbare Kinder, und Sie selbst sind ein ausgezeichneter Familienvater. Sie glauben, ich sei sehr glücklich, und sie beneiden mich. Nun, wenn wir bei diesem Thema sind, so sage ich Ihnen unter dem Siegel der Verschwiegenheit: Mein ach so glückliches Familienleben ist ein einziges trauriges Mißverständnis, und ich habe Angst davor.«

Das erzwungene Lächeln ließ sein Gesicht häßlich erscheinen. Er faßte mich um die Hüfte und fuhr mit leiser Stimme fort: »Sie sind mein aufrichtiger Freund, ich vertraue Ihnen und achte Sie hoch. Die Freundschaft hat uns der Himmel geschickt, damit wir uns aussprechen und uns vor den Geheimnissen, die uns bedrücken, retten können. Gestatten Sie mir, Ihre freundschaftliche Geneigtheit zu nutzen, um Ihnen die ganze Wahrheit zu entdecken. Mein Familienleben, das Ihnen so reizend erscheint, ist mein größtes Unglück und meine hauptsächliche Angst. Ich habe seltsam und dumm geheiratet. Ich muß Ihnen sagen, daß ich Mascha bis zu unserer Heirat wahnsinnig geliebt habe und mich zwei Jahre lang um sie bemühte. Fünf Mal machte ich ihr einen Heiratsantrag, und jedesmal wies sie mich ab, weil ich ihr völlig gleichgültig war. Beim sechsten Mal, als ich vor Liebe fast verging und sie auf den Knien um ihre Hand bat wie um ein Almosen, willigte sie ein ... Sie sagte folgendes: ›Ich liebe Sie nicht, aber ich werde Ihnen treu sein ...‹ Eine solche Bedingung nahm ich begeistert an. Damals verstand ich, was das bedeutet, heute jedoch, ich schwöre es bei Gott, verstehe ich es nicht mehr. ›Ich liebe Sie nicht, aber ich werde Ihnen treu sein ...‹ – was bedeutet das? Das ist Nebel, das ist Finsternis ... Ich liebe sie heute noch genauso wie am ersten Tag unserer Ehe, während sie, wie mir scheint, so gleichgültig ist wie zuvor und wohl jedesmal froh, wenn ich wegfahre. Ich weiß nicht sicher, ob sie mich liebt oder nicht, ich weiß es nicht, ich weiß es nicht; aber schließlich leben wir unter einem Dach, sagen ›Du‹ zueinander, schlafen miteinander, haben Kinder, gemeinsamen Besitz ... Was bedeutet das? Wozu das? Verstehen Sie da etwas, mein Bester? Eine grausame Folter! Weil mir unsere Beziehungen unverständlich sind, hasse ich mal sie, mal mich selbst, mal uns beide, alles in meinem Kopf ist durcheinandergeraten, ich quäle mich und stumpfe immer mehr ab, sie aber wird, wie zum Trotz, jeden Tag schöner und bewundernswerter ... Meiner Meinung nach hat sie herrliches Haar und ein Lächeln wie keine andere Frau. Ich liebe und weiß, daß ich hoffnungslos liebe. Eine hoffnungslose Liebe zu einer Frau, von der ich schon zwei Kinder habe! Ist das denn zu verstehen und nicht vielmehr schrecklich? Ist das nicht schrecklicher als alle Gespenster?«

In dieser Stimmung hätte er noch lange so weitergeredet, doch zum Glück ertönte die Stimme des Kutschers. Unsere Pferde kamen. Wir setzten uns auf den Wagen, und Vierzig Märtyrer half uns mit gezogener Mütze hinauf. Er tat es mit einem Gesichtsausdruck, als habe er schon lange auf die Gelegenheit gewartet, unsere wertvollen Körper zu berühren.

»Dmitri Petrowitsch, geruhen Sie, daß ich zu Ihnen komme«, brachte er hervor, wobei er heftig blinzelte und den Kopf auf die Seite legte. »Erweisen Sie mir die göttliche Barmherzigkeit! Ich komme um vor Hunger!«

»Also gut«, sagte Silin. »Komm und bleib drei Tage, dann sehen wir weiter.«

»Zu Befehl«, sagte Vierzig Märtyrer erfreut. »Gleich heute komme ich.«

Bis zum Haus waren es sechs Werst. Dmitri Petrowitsch, zufrieden, daß er sich dem Freund gegenüber endlich ausgesprochen hatte, hielt mich die ganze Zeit um die Hüfte gefaßt und sagte ohne Bitterkeit und ohne Angst, sondern fröhlich, daß er, wenn in der Familie alles in Ordnung wäre, nach Petersburg zurückkehren und sich dort der Wissenschaft widmen würde. Diese Tendenz, sagte er, die so viele begabte junge Leute aufs Land gehen läßt, sei eine traurige Erscheinung. Roggen und Weizen gäbe es bei uns in Rußland genügend, kultivierte Menschen aber nicht. Die begabte, gesunde Jugend müsse sich mit den Wissenschaften, den Künsten und der Politik beschäftigen, jedes andere Verhalten sei unökonomisch. So philosophierte er genußvoll vor sich hin und äußerte sein Bedauern, daß er morgen früh von mir Abschied nehmen würde, weil er auf eine Holzauktion müsse.

Ich fühlte mich unwohl und traurig, und es war mir, als würde ich den Mann hintergehen. Und gleichzeitig hatte ich ein angenehmes Gefühl. Ich schaute auf den riesigen purpurnen Mond, der im Aufgehen begriffen war, und stellte mir die hochgewachsene, schlanke blonde Frau mit dem blassen Gesicht vor, wie sie, immer hübsch angezogen, nach einem besonderen moschusartigen Parfüm duftete, und irgendwie stimmte es mich fröhlich, daß sie ihren Mann nicht liebte.

Zu Hause angekommen, setzten wir uns zum Abendessen. Marija Sergejewna bewirtete uns lächelnd mit unseren Einkäufen, und ich fand, daß sie in der Tat herrliches Haar hatte und lächelte wie keine andere Frau. Ich beobachtete sie und wollte in jeder ihrer Bewegungen und ihrem Blick erkennen, daß sie ihren Mann nicht liebte, und es kam mir vor, als erkannte ich es tatsächlich.

Dmitri Petrowitsch begann bald mit der Müdigkeit zu kämpfen. Nach dem Abendessen saß er noch etwa zehn Minuten bei uns, dann sagte er: »Wie Ihr wollt, meine Herrschaften, aber ich muß morgen um drei Uhr aufstehen. Erlaubt, daß ich Euch verlasse.«

Er küßte zärtlich und fest seine Frau, drückte mir dankbar die Hand und nahm mir das Versprechen ab, ihn in der kommenden Woche unbedingt zu besuchen. Um morgen nicht zu verschlafen, ging er zur Nacht ins Seitengebäude.

Marija Sergejewna pflegte, nach Petersburger Art, spät schlafen zu gehen, und heute freute mich das.

»Nun?« begann ich, als wir allein waren. »Seien Sie doch so gut und spielen Sie mir etwas vor.«

Ich hatte gar keine Lust auf Musik, ich wußte nur nicht, wie ich ein Gespräch beginnen sollte. Sie setzte sich an den Flügel und spielte, ich weiß nicht mehr, was es war. Ich saß neben ihr, betrachtete ihre weißen weichen Hände und bemühte mich, aus ihrem kühlen, gleichgültigen Gesicht etwas herauszulesen. Doch da lächelte sie plötzlich über irgend etwas und sah mich an.

»Es ist Ihnen langweilig ohne Ihren Freund«, sagte sie.

Ich lachte. »Für die Freundschaft würde es genügen, einmal im Monat herzukommen, ich aber bin mehrmals in der Woche hier.«

Nach diesen Worten stand ich auf und schritt erregt von einer Ecke des Zimmers zur anderen. Sie erhob sich ebenfalls und ging zum Kamin.

»Was wollen Sie damit sagen?« fragte sie und richtete ihre großen hellen Augen auf mich.

Ich erwiderte nichts.

»Sie haben die Unwahrheit gesagt«, fuhr sie nach kurzem Überlegen fort. »Sie sind nur wegen Dmitri Petrowitsch hier. Aber es freut mich doch sehr. Eine solche Freundschaft bekommt man in unserer Zeit nur selten zu sehen.«

Aha! dachte ich, und da ich nicht wußte, was ich sagen sollte, fragte ich: »Möchten Sie einen Spaziergang im Garten machen?«

»Nein.«

Ich trat auf die Terrasse hinaus. Ich fühlte ein Kribbeln im Kopf, und ich fröstelte vor Erregung. Mir war schon klar, daß sich unser Gespräch nur um völlig belanglose Dinge drehen würde und daß wir nicht imstande sein würden, uns irgend etwas Besonderes zu sagen, daß in dieser Nacht aber ganz bestimmt das geschehen würde, wovon ich nicht einmal zu träumen wagte. In dieser Nacht oder nie.

»Wie schön es ist!« sagte ich laut.

»Das ist mir absolut gleichgültig«, kam zur Antwort.

Ich ging in den Salon. Marija Sergejewna stand

immer noch, die Hände auf dem Rücken, am Kamin und dachte, den Blick zur Seite gewandt, über etwas nach.

»Und warum ist Ihnen das absolut gleichgültig?« fragte ich.

»Weil mir langweilig ist. Ihnen ist nur ohne Ihren Freund langweilig, mir hingegen ist immer langweilig. Aber ... das ist ja für Sie nicht interessant.«

Ich setzte mich an den Flügel und schlug, in Erwartung, was sie weiter sagen würde, ein paar Akkorde an.

»Bitte zieren Sie sich nicht«, sagte sie, wobei sie mich zornig ansah und vor Ärger fast in Tränen auszubrechen schien. »Wenn Sie schlafen möchten, dann gehen Sie. Denken Sie nicht, daß Sie als Dmitri Petrowitschs Freund dazu verpflichtet wären, sich mit seiner Frau zu langweilen. Ich wünsche kein Opfer. Bitte, gehen Sie.«

Ich ging natürlich nicht. Sie trat auf die Terrasse, während ich im Salon blieb und etwa fünf Minuten in den Noten blätterte. Dann trat auch ich hinaus. Wir standen nebeneinander im Schatten der Gardinen, die Stufen unter uns lagen im vollen Mondlicht. Über die Blumenbeete und den gelben Sand der Alleen zogen sich die langen Schatten der Bäume.

»Ich muß auch morgen fahren«, sagte ich.

»Natürlich, wenn der Ehemann nicht da ist, hält Sie hier nichts mehr«, ließ sie spöttisch fallen. »Ich stelle mir vor, wie unglücklich Sie wären, wenn Sie sich in mich verlieben würden. Warten Sie, irgendwann werfe ich mich Ihnen noch an den Hals! ... Um zu sehen, mit welchem Schreck Sie vor mir davonlaufen. Wäre interessant.«

In ihren Worten und auf ihrem bleichen Gesicht lag Zorn, ihre Augen jedoch waren von der zärtlichsten und leidenschaftlichsten Liebe erfüllt. Ich schaute auf dieses wunderschöne Geschöpf bereits wie auf mein Eigentum, und da bemerkte ich zum ersten Mal, daß sie goldene Augenbrauen hatte, wunderbare Augenbrauen, wie sie mir noch nie begegnet waren. Der Gedanke, daß ich sie jetzt sofort an mich ziehen, liebkosen und ihr herrliches Haar berühren könnte, stand plötzlich als etwas so Monströses vor mir, daß ich lachte und die Augen schloß.

»Aber es ist Zeit ... Ich wünsche Ihnen eine ruhige Nacht!« sagte sie.

»Ich möchte aber keine ruhige Nacht ...« erwiderte ich lachend und trat hinter ihr in den Salon. »Ich werde diese Nacht verfluchen, wenn sie ruhig gewesen ist.«

Als ich ihr die Hand drückte und sie zu ihrer Tür begleitete, sah ich an ihrem Gesicht, daß sie mich verstand und froh darüber war, daß auch ich sie verstand.

Ich ging auf mein Zimmer. Auf dem Tisch, neben den Büchern, lag Dmitri Petrowitschs Mütze, und das erinnerte mich an seine Freundschaft. Ich nahm einen Spazierstock und ging in den Garten hinaus. Dort war der Nebel gestiegen, und zwischen den Bäumen und Sträuchern trieben, sie umarmend, dieselben hohen und schmalen Gespenster, die ich vorhin auf dem Fluß gesehen hatte. Wie schade, daß ich mit ihnen nicht reden konnte!

In der ungewöhnlich klaren Luft zeichnete sich jedes Blättchen, jeder Tautropfen ab – all das lächelte mir in der Stille verschlafen zu, und während ich an den grünen Bänken vorüberging, fielen mir die Worte aus irgendeinem Stück von Shakespeare ein: Wie süß das Mondlicht schläft auf dieser Bank!

Im Garten gab es einen Hügel. Ich stieg hinauf und ließ mich nieder. Ein bezauberndes Gefühl setzte mir zu. Ich wußte ganz sicher, daß ich gleich ihren prachtvollen Körper umarmen und an mich drücken und ihre goldenen Augenbrauen küssen würde, und mich verlangte, nicht daran zu glauben, mir selbst etwas vorzumachen, und ich bedauerte, daß sie mich so wenig quälte und sich so rasch hingab.

Aber da ertönten unerwartet schwere Schritte. In der Allee erschien ein Mann von mittelgroßer Statur, in dem ich sofort Vierzig Märtyrer erkannte. Er setzte sich auf die Bank und tat einen tiefen Seufzer, worauf er sich dreimal bekreuzigte und sich hinlegte. Eine Minute später stand er auf und legte sich auf die andere Seite. Die Mücken und die Feuchtigkeit der Nacht hinderten ihn am Einschlafen.

»Ist das ein Leben!« stieß er hervor. »Unglücklich und bitter ist das Leben!«

Als ich auf seinen hageren, zusammengekrümmten Körper sah und seine schweren, heiseren Seufzer vernahm, fiel mir ein anderes unglückliches, bitteres Leben ein, das mir heute gebeichtet worden war, und mir wurde angesichts meines eigenen wonnevollen Zustands angst und bange. Ich stieg vom Hügel herunter und ging zum Haus.

Seiner Meinung nach ist das Leben schrecklich, dachte ich, dann geh nicht zimperlich mit ihm um, krieg's unter, bevor es dich zerdrückt, nimm dir alles, was du ihm entreißen kannst.

Auf der Terrasse stand Marija Sergejewna. Schweigend umarmte ich sie und begann gierig ihre Augenbrauen zu küssen, ihre Schläfen, ihren Hals...

In meinem Zimmer sagte sie mir, daß sie mich schon lange liebte, länger als ein Jahr. Sie schwor mir ihre Liebe, weinte, bat, daß ich sie mitnehme. Immer wieder führte ich sie zum Fenster, um im Mondlicht ihr Gesicht zu betrachten, und sie erschien mir wie ein schöner Traum – gleich mußte ich sie fest umarmen, um an die Wirklichkeit glauben zu können. Eine solche Ekstase hatte ich schon lange nicht mehr erlebt... Doch weit weg, irgendwo auf dem Grund meines Herzens, fühlte ich mich unbehaglich, war mir nicht wohl zumute. In ihrer Liebe zu mir lag etwas Unangenehmes und Bedrückendes, genauso wie in Dmitri Petrowitschs Freundschaft. Es war eine große, ernsthafte Liebe mit Tränen und Schwüren, während ich nichts Ernsthaftes wollte, weder Tränen und Schwüre noch Gespräche über die Zukunft. Als heller Meteor sollte diese Mondnacht in unserem Leben vorüberhuschen – und Schluß.

Um genau drei Uhr verließ sie mich, und als ich,

in der Tür stehend, ihr nachblickte, erschien am Ende des Korridors plötzlich Dmitri Petrowitsch. Als sie ihm begegnete, zuckte sie zusammen und ließ ihn vorbei; ihre ganze Haltung verriet Widerwillen. Er lächelte irgendwie seltsam, hüstelte und trat in mein Zimmer.

»Ich hab gestern hier meine Mütze vergessen ...« sagte er, ohne mich anzusehen.

Er fand die Mütze und setzte sie mit beiden Händen auf, dann betrachtete er mein verwirrtes Gesicht und meine Schuhe, und mit einer fremd klingenden, heiseren Stimme äußerte er: »Mir wurde wahrscheinlich schon an der Wiege gesungen, daß ich nichts verstehen würde. Wenn Sie etwas verstehen, dann ... gratuliere ich Ihnen. Vor meinen Augen ist immer Nacht.«

Und hüstelnd ging er hinaus. Dann sah ich durchs Fenster, wie er vor dem Pferdestall eigenhändig die Pferde einspannte. Seine Hände zitterten, er war in Eile und blickte sich ständig zum Haus um; wahrscheinlich fürchtete er sich. Dann setzte er sich in den Wagen, und mit einem merkwürdigen Ausdruck, als habe er Angst, verfolgt zu werden, hieb er auf die Pferde ein.

Ein wenig später fuhr auch ich ab. Die Sonne war bereits aufgegangen, und der gestrige Nebel schmiegte sich furchtsam an Sträucher und Hügel. Auf dem Kutschbock saß Vierzig Märtyrer, der bereits Zeit gefunden hatte, einen zu heben, und nun Säuferunsinn daherredete.

»Ich bin ein freier Mensch!« schrie er auf die Pferde herab. »He, ihr Himbeerfarbenen! Ich habe das erbliche Ehrenbürgerrecht, wenn ihr's wissen wollt!«

Dmitri Petrowitschs Angst, die mir nicht aus dem Kopf gehen wollte, teilte sich nun auch mir mit. Ich dachte über das Geschehene nach und verstand nichts. Ich blickte auf die Saatkrähen und fand es seltsam und bedrohlich, daß sie da umherflogen.

Wozu habe ich das getan? fragte ich mich erstaunt und verzweifelt. Warum hat es sich gerade so und nicht anders ergeben? Wem und wozu ist es von Nutzen, daß sie mich ernsthaft liebt und daß er seiner Mütze wegen im Zimmer erschien? Was hat die Mütze damit zu tun?

Am selben Tag reiste ich nach Petersburg und habe Dmitri Petrowitsch und seine Frau seither nie wieder gesehen. Es heißt, sie leben weiterhin zusammen.

(Kay Borowsky)

WOLODJA DER GROSSE UND
WOLODJA DER KLEINE

»Laßt mich, ich will selbst die Zügel halten! Ich setze mich neben den Kutscher!« sagte Sofja Lwowna laut. »Kutscher, wart mal, ich setze mich neben dich auf den Kutschbock.«

Sie stand aufrecht im Schlitten, und ihr Mann Wladimir Nikitytsch sowie ihr Freund aus Kindertagen, Wladimir Michailytsch, hielten sie an den Armen fest, damit sie nicht umfiel. Die Troika jagte schnell dahin.

»Ich hab doch gesagt, daß man ihr keinen Cognac geben soll«, raunte Wladimir Nikitytsch ärgerlich seinem Gefährten zu. »Ach du, aber wirklich!«

Der Oberst wußte aus Erfahrung, daß Frauen wie seine Gattin Sofja Lwowna nach einer angeregten, feucht-fröhlichen Runde in hysterisches Lachen und dann in Weinen auszubrechen pflegen. Er befürchtete, daß er, wenn sie jetzt nach Hause kämen, sich mit kalten Kompressen und mit dem Verabreichen von Tropfen würde herumschlagen müssen, statt schlafen gehen zu können.

»Brrr!« schrie Sofja Lwowna. »Ich will die Zügel halten!«

Sie war richtiggehend aufgekratzt und ausgelassen. In den letzten zwei Monaten, seit dem Tag ihrer

Hochzeit, hatte sie der Gedanke gequält, den Oberst Jagitsch nur aus Berechnung geheiratet zu haben, und, wie man so sagt, par dépit; doch heute in dem Vorstadtrestaurant konnte sie sich endlich davon überzeugen, daß sie ihn leidenschaftlich liebte. Ungeachtet seiner vierundfünfzig Jahre war er so stattlich, gewandt und behende und konnte so nett kalauern und mit den Zigeunerinnen mitsingen. In der Tat, jetzt waren die älteren Männer tausendmal interessanter als die jungen, und es sah ganz danach aus, als hätten Alter und Jugend die Rollen getauscht. Der Oberst war zwei Jahre älter als ihr Vater, aber konnte denn dieser Umstand irgendeine Bedeutung haben, wenn in ihm, um die Wahrheit zu sagen, bei weitem mehr Lebenskraft, Tatendrang und Frische steckten als in ihr selbst, obwohl sie erst dreiundzwanzig war?

Oh, mein Lieber! dachte sie. Du bist wundervoll!

Im Restaurant war sie auch zu der Überzeugung gelangt, daß von dieser früheren Empfindung in ihrer Seele nicht einmal ein Funke übriggeblieben war. Ihr Freund aus Kindertagen, Wladimir Michailytsch oder ganz einfach Wolodja, den sie noch gestern bis zum Wahnsinn, bis zur Verzweiflung geliebt hatte, ließ sie jetzt vollkommen gleichgültig. Heute erschien er ihr den ganzen Abend träge, schlaff, uninteressant und unbedeutend, und die Unverfrorenheit, mit der er sich gewöhnlich vorm Bezahlen der Restaurantrechnungen drückte, hatte sie diesmal entrüstet, und sie hatte sich sehr zusammennehmen müssen, um nicht zu ihm zu sagen: Wenn Sie kein Geld haben, dann bleiben Sie doch zu Hause. – Immer bezahlte ausschließlich der Oberst.

Vielleicht weil vor ihren Augen Bäume, Telegrafenmasten und Schneewehen auftauchten, kamen ihr die unterschiedlichsten Gedanken in den Sinn. Sie dachte daran, daß die Rechnung im Restaurant hundertzwanzig Rubel betragen hatte, dazu waren noch hundert für die Zigeuner gekommen, und morgen konnte sie, wenn sie wollte, sogar tausend Rubel zum Fenster hinauswerfen, vor zwei Monaten hingegen, bis zu ihrer Hochzeit, hatte sie nicht einmal drei Rubel eigenes Geld gehabt und für jede Kleinigkeit den Vater angehen müssen. Wie hatte sich ihr Leben doch verändert!

Ihre Gedanken verwirrten sich, und ihr fiel ein, wie Oberst Jagitsch – jetzt ihr Mann –, als sie zehn Jahre alt war, ihrer Tante den Hof gemacht und – wie alle im Haus behaupteten – die Tante zugrunde gerichtet hatte; tatsächlich war diese oft mit verweinten Augen an den Mittagstisch gekommen und immer irgendwohin gefahren, und man sagte dann von ihr, daß sie, die Ärmste, keine Ruhe finden könne. Jagitsch sah damals sehr gut aus und hatte einen ungewöhnlichen Erfolg bei den Frauen, so daß er stadtbekannt war und man über ihn erzählte, daß er jeden Tag seine Verehrerinnen besucht habe wie ein Arzt seine Patienten. Und noch jetzt wirkte sein hageres Gesicht trotz der grauen Haare, der Falten und der Brille mitunter schön, besonders im Profil.

Sofja Lwownas Vater war Militärarzt und hatte einst mit Jagitsch im selben Regiment gedient. Auch Wolodjas Vater, ebenfalls Militärarzt, war mit ihrem Vater und Jagitsch in einem Regiment gewesen. Trotz seiner oft sehr komplizierten und turbulenten Liebesaffären hatte Wolodja gut gelernt; nach einem erfolgreichen Universitätsabschluß hatte er jetzt als Forschungsgebiet die fremdsprachige Literatur gewählt und schrieb, wie es hieß, seine Dissertation. Er wohnte in der Kaserne bei seinem Vater, dem Militärarzt, und verfügte über kein eigenes Geld, obwohl er schon dreißig war. In der Kindheit hatten Sofja Lwowna und er unter einem Dach, wenn auch in verschiedenen Wohnungen gelebt; er war häufig zu ihr zum Spielen gekommen, und beide hatten gemeinsam Tanz- und Französischunterricht erhalten; als er jedoch herangewachsen und aus ihm ein stattlicher, sehr hübscher junger Mann geworden war, genierte sie sich vor ihm, verliebte sich dann aber wahnsinnig in ihn, und diese Liebe währte bis in die jüngste Zeit, bis zu ihrer Heirat mit Jagitsch. Auch Wolodja hatte ungewöhnlichen Erfolg bei den Frauen, beinahe seit seinem vierzehnten Lebensjahr, und die Damen, die seinetwegen ihre Männer betrogen, rechtfertigten sich damit, daß Wolodja noch jung sei. Unlängst erzählte jemand über ihn, daß er als Student in gemieteten Zimmern in Universitätsnähe gewohnt habe, und jedes Mal, wenn jemand bei ihm angeklopft habe, seien Schritte hinter der Tür zu hören gewesen und dann mit halblauter Stimme die

Entschuldigung: Pardon, je ne suis pas seul! Jagitsch war begeistert von ihm und gab ihm für seinen weiteren Lebensweg seinen Segen – so wie Dershawin einst Puschkin seinen Segen gegeben hatte –, und er mochte ihn anscheinend sehr. Die beiden konnten stundenlang Billard oder Pikett spielen, ohne daß ein einziges Wort fiel, und wenn Jagitsch mit der Troika irgendwohin fuhr, dann nahm er auch Wolodja mit, und Wolodja seinerseits weihte einzig und allein Jagitsch in die Geheimnisse seiner Dissertation ein. Anfangs, als der Oberst noch jünger war, wurden die beiden oft zu Rivalen, aber nie waren sie eifersüchtig aufeinander. In der Gesellschaft, in der die beiden sich bewegten, nannte man Jagitsch Wolodja den Großen und seinen Freund Wolodja den Kleinen.

Außer Wolodja dem Großen, Wolodja dem Kleinen und Sofja Lwowna saß noch eine Person in dem Schlitten: Margarita Alexandrowna oder Rita, wie alle sie nannten, eine Cousine von Frau Jagitsch, ein Mädchen von über dreißig, sehr blaß, mit schwarzen Augenbrauen und Kneifer. Sogar bei strengstem Frost rauchte sie ununterbrochen – immer lag Asche auf ihrer Brust oder auf ihren Knien. Wenn sie sprach, näselte sie und zog jedes Wort in die Länge; sie war kühl, konnte Unmengen von Likör und Cognac vertragen, ohne betrunken zu werden, und wenn sie zweideutige Witze zum besten gab, tat sie dies auf eine lässige und geschmacklose Art. Zu Hause las sie von früh bis spät dicke Zeitschriften, auf die sie ihre Asche fallen ließ, oder aß gefrorene Äpfel.

»Sonja, hör auf, verrückt zu spielen«, sagte sie gedehnt. »Wirklich, das ist geradezu albern.«

Als das Stadttor in Sicht war, verlangsamte die Troika ihr Tempo, Häuser und Menschen tauchten auf, und Sofja Lwowna wurde ruhiger, schmiegte sich an ihren Mann und gab sich ganz ihren Gedanken hin. Wolodja der Kleine saß ihr gegenüber. Den heiteren, leichten Gedanken gesellten sich alsbald trübe hinzu. Sie dachte, daß der Mensch, der ihr gegenüber saß, wisse, daß sie ihn liebte, und er natürlich ihrem Gerede, daß sie den Oberst par dépit geheiratet habe, glaubte. Sie hatte ihm noch kein einziges Mal ihre Liebe gestanden, und sie wollte auch nicht, daß er es wußte, und verbarg ihre Gefühle, aber seinem Gesicht war anzumerken, daß er sie sehr wohl durchschaute – und so fühlte sie sich in ihrer Ehre verletzt. Aber das erniedrigendste an ihrer Lage war, daß nach ihrer Hochzeit dieser Wolodja der Kleine ihr plötzlich Beachtung schenkte, was früher nie der Fall gewesen war; stundenlang saß er nun schweigend mit ihr zusammen oder redete über Banalitäten, und jetzt im Schlitten, statt mit ihr zu reden, trat er ihr leicht auf den Fuß und drückte ihre Hand; offensichtlich hatte er bloß darauf gewartet, daß sie heiratete; und es war ebenso offensichtlich, daß er sie verachtete und sie in ihm nur ein ganz bestimmtes Interesse weckte: als eine schlechte und unsolide Frau. Und als sich in ihrem Herzen das Triumphgefühl und die

Liebe zu ihrem Mann mit dem Gefühl der Erniedrigung und des verletzten Stolzes mischten, da wurde sie von Übermut gepackt, und sie wollte sich auf den Kutschbock setzen und schreien und pfeifen …

Gerade in dem Augenblick, als sie an einem Nonnenkloster vorbeifuhren, schlug die große, tonnenschwere Glocke. Rita bekreuzigte sich.

»In diesem Kloster ist unsere Olja«, sagte Sofja Lwowna, bekreuzigte sich ebenfalls und zuckte zusammen.

»Weshalb ist sie ins Kloster gegangen?« fragte der Oberst.

»Par dépit«, erwiderte Rita schnippisch und spielte damit offensichtlich auf die Ehe von Sofja Lwowna mit Jagitsch an. »Dieses par dépit ist jetzt in Mode. Olja hat der ganzen Welt den Fehdehandschuh hingeworfen. Sie war eine lachlustige und äußerst kokette Person, hatte nur Bälle und Verehrer im Kopf, und plötzlich – da schau her! Hat sie alle verblüfft.«

»Das stimmt nicht«, sagte Wolodja der Kleine, wobei er den Kragen seines Pelzes zurückschlug und sein hübsches Gesicht zeigte. »Das hier hat mit par dépit nichts zu tun, sondern ist einfach furchtbar, wenn Sie so wollen. Ihren Bruder Dmitri hat man in ein Zwangsarbeitslager gesteckt, und niemand weiß, wo er jetzt ist. Und die Mutter ist vor Kummer gestorben.«

Wolodja der Kleine schlug den Kragen seines Pelzes wieder hoch.

»Und Olja hat es richtig gemacht«, fügte er tonlos hinzu. »Ein Pflegekind zu sein, und dazu noch neben einem solchen Goldstück wie Sofja Lwowna – das muß man sich mal vorstellen!«

Sofja Lwowna hörte einen verächtlichen Ton aus seiner Stimme heraus und wollte ihm mit einer Grobheit antworten, zog es dann aber doch vor zu schweigen. Wieder erfaßte sie dieser Übermut; sie richtete sich auf und rief mit weinerlicher Stimme:

»Ich will in die Frühmesse! Kutscher, zurück! Ich will Olja sehen!«

Sie kehrten um. Die Klosterglocke hatte einen vollen Klang, und Sofja Lwowna schien es, als erinnerte etwas daran sie an Olja und deren Leben. Auch in den anderen Kirchen fingen die Glocken an zu läuten. Als der Kutscher die Troika angehalten hatte, sprang Sofja Lwowna aus dem Schlitten und lief allein, ohne Begleitung, rasch auf das Tor zu.

»Beeil dich bitte!« rief ihr Mann ihr nach. »Es ist schon spät!«

Sie schritt durch das dunkle Tor, dann durch die Allee, die zur Hauptkirche führte, und der Schnee knirschte unter ihren Füßen; das Glockengeläut erklang bereits direkt über ihrem Kopf und schien sie ganz zu durchdringen. Da war auch schon die Kirchentür, dann ging es drei Stufen nach unten, und man befand sich im Vorraum mit den Heiligenbildern zu beiden Seiten – es roch nach Wacholder und Weihrauch; dann kam wieder eine Tür, eine kleine dunkle Gestalt öffnete ihr und verneigte sich ganz tief.

In der Kirche hatte der Gottesdienst noch nicht begonnen. Eine Nonne ging vor dem Ikonostas hin und her und entzündete die Kerzen in den hohen Kerzenständern, eine andere zündete den Kronleuchter an. Da und dort standen nahe bei den Säulen und den Seitenaltären reglose schwarze Gestalten. So wie sie da stehen, werden sie also nun bleiben bis zum Morgen, dachte Sofja Lwowna, und es kam ihr hier dunkel, kalt und trostlos vor – trostloser als auf dem Friedhof. Mit einem Gefühl von Überdruß blickte sie auf die reglosen, erstarrten Gestalten, und plötzlich krampfte sich ihr Herz zusammen. Sie glaubte in einer der Nonnen, einer kleinen Gestalt mit mageren Schultern und schwarzem Schleier auf dem Kopf, Olja erkannt zu haben, obwohl Olja bei ihrem Eintritt ins Kloster kräftiger und irgendwie größer gewesen war. Unentschlossen und von Unruhe gepackt, ging Sofja Lwowna auf die Novizin zu, blickte ihr ins Gesicht und erkannte Olja.

»Olja!« sagte sie und schlug die Hände zusammen, brachte dann aber vor Erregung kein Wort mehr heraus. »Olja!«

Die Nonne erkannte sie sofort, hob erstaunt die Augenbrauen, und ihr bleiches, frischgewaschenes, reines Gesicht und sogar, wie es schien, ihr weißes Tuch, das unter dem Schleier zu sehen war, strahlten vor Freude.

»Da hat der Herr ein Wunder vollbracht«, sagte sie und schlug ebenfalls ihre schlanken, blassen, kleinen Hände zusammen.

Sofja Lwowna umarmte Olja fest und küßte sie, befürchtete aber, Olja könnte den Alkohol riechen.

»Wir sind gerade vorbeigefahren und haben an dich gedacht«, sagte sie ganz außer Atem, als sei sie zu schnell gelaufen. »Herrgott, wie blaß du bist! Ich … ich freue mich sehr, dich zu sehen. Na, was ist? Wie steht's? Verspürst du Langeweile?«

Sofja Lwowna sah sich nach den anderen Nonnen um und fuhr mit leiser Stimme fort:

»Bei uns hat sich viel verändert … Weißt du, ich habe Wladimir Nikitytsch Jagitsch geheiratet. Du erinnerst dich wahrscheinlich an ihn … Ich bin sehr glücklich mit ihm.«

»Na, Gott sei Dank. Ist denn dein Papa wohlauf?«

»Ja. Er denkt oft an dich. Olja, komm doch während der Feiertage zu uns. Hörst du?«

»Ich komme«, erwiderte Olja und lächelte. »Ich komme am zweiten Feiertag.«

Da fing Sofja Lwowna, ohne selbst zu wissen weshalb, an zu weinen und weinte still eine Weile, dann wischte sie ihre Tränen ab und sagte:

»Rita wird es sehr bedauern, daß sie dich nicht gesehen hat. Sie ist auch dabei. Und Wolodja ist hier. Sie warten am Tor. Wie die sich freuen würden, wenn sie dich wiedersehen könnten! Laß uns zu ihnen gehen, der Gottesdienst hat ja noch nicht angefangen.«

»Ja, gehen wir«, sagte Olja zustimmend.

Sie bekreuzigte sich dreimal und ging zusammen mit Sofja Lwowna zum Ausgang.

»Du sagst also, daß du glücklich bist, Sonetsch-ka?« fragte sie, als sie durchs Tor gingen.

»Sehr.«

»Na, Gott sei Dank.«

Als Wolodja der Große und Wolodja der Kleine die Nonne sahen, stiegen sie aus dem Schlitten und begrüßten sie ehrerbietig; beide waren sichtlich gerührt beim Anblick ihres blassen Gesichts und der schwarzen Tracht, und beide freuten sich, daß Olja sich an sie erinnert hatte und gekommen war, um sie zu begrüßen.

Damit ihr nicht kalt würde, wickelte Sofja Lwow-na sie in eine Decke und nahm sie mit unter ihren Pelz. Durch die soeben vergossenen Tränen war ihr leichter ums Herz geworden, und die trüben Gedanken waren verschwunden, und sie war froh, daß diese laute, unruhige und im Grunde genommen sündige Nacht plötzlich so rein und sanft endete. Und um Olja noch länger bei sich zu behalten, schlug sie vor:

»Wir wollen sie spazierenfahren! Olja, setz dich, wir fahren ein bißchen.«

Die beiden Männer hatten erwartet, daß die Nonne ablehnen würde – Heilige fahren nicht mit der Troika –, aber zu ihrem Erstaunen stimmte sie zu und setzte sich in den Schlitten. Und als die Troika in Richtung Stadttor jagte, schwiegen alle und waren nur darum bemüht, daß Olja sich wohlfühlte und daß ihr warm genug war, und jeder von ihnen mußte daran denken, wie sie früher gewesen und wie sie jetzt war. Ihr Gesicht war jetzt leidenschaftslos und ausdrucksarm, wirkte kalt und bleich, geradezu durchsichtig, als ob in ihren Adern Wasser statt Blut flösse. Und dabei war sie doch vor zwei, drei Jahren noch so kräftig und rotwangig gewesen, hatte von Verlobten gesprochen, laut über die kleinste Kleinigkeit gelacht...

Beim Stadttor kehrte die Troika um; als sie nach etwa zehn Minuten wieder am Kloster hielt, stieg Olja aus dem Schlitten. Es läuteten bereits alle Glocken.

»Der Herr schütze euch«, sagte Olja und verneigte sich tief – wie es für eine Nonne üblich war.

»Komm auf jeden Fall, Olja.«

»Ich komme, ich komme.«

Sie ging rasch davon und war bald im dunklen Tor verschwunden. Und danach, als die Troika weiterfuhr, kam aus irgendeinem Grund eine sehr gedrückte Stimmung auf. Alle schwiegen. Sofja Lwowna spürte eine Schwäche im ganzen Körper, und Niedergeschlagenheit machte sich breit; daß sie die Nonne dazu animiert hatte, sich in den Schlitten zu setzen und mit der Troika spazierenzufahren – in einer nicht ganz nüchternen Gesellschaft –, kam ihr nun dumm, taktlos und fast wie eine Gotteslästerung vor; zusammen mit dem Rausch war auch das Verlangen verflogen, sich selbst zu betrügen, und für sie stand bereits fest, daß sie ihren Mann nicht liebte und auch nicht lieben konnte, daß alles unsinnig und dumm war. Sie hatte ihn aus Berechnung geheiratet, weil er, den Äußerungen ihrer Freundinnen aus dem

Institut zufolge, wahnsinnig reich war, weil sie eine panische Angst davor hatte, eine alte Jungfer wie Rita zu bleiben, weil ihr Vater, der Doktor, ihr ständig in den Ohren gelegen hatte und weil sie Wolodja den Kleinen hatte ärgern wollen. Hätte sie, als sie heiratete, geahnt, daß das so schwer, grauenhaft und abscheulich sein würde, hätte sie um keinen Preis einer Heirat zugestimmt. Aber nun konnte man das Unglück nicht mehr ungeschehen machen. Man mußte sich damit abfinden.

Dann kamen sie nach Hause. Als Sofja Lwowna sich in ihr warmes, weiches Bett legte und sich zudeckte, tauchten in ihrer Erinnerung der dunkle Kirchenvorraum, der Weihrauchgeruch und die Gestalten an den Säulen auf, und ihr wurde bang bei dem Gedanken, daß diese Gestalten die ganze Zeit, während sie schlief, reglos dastanden. Die Frühmesse würde sehr lange dauern, dann folgten die Stundengebete, dann die heilige Messe und die Andacht ...

Aber Gott existiert doch, bestimmt gibt es ihn, und ich muß unweigerlich sterben, also muß ich früher oder später an meine Seele, an das ewige Leben denken, so wie Olja. Olja ist jetzt gerettet, sie hat für sich alle Fragen entschieden ... Aber wenn es Gott nicht gibt? Dann war ihr Leben verpfuscht. Inwiefern verpfuscht? Wieso verpfuscht?

Aber sogleich schlich sich der Gedanke wieder bei ihr ein:

Gott existiert, der Tod wird unweigerlich kommen, ich muß an meine Seele denken. Würde Olja in diesem Augenblick ihrem Tod begegnen, dann hätte sie keine Angst. Sie ist bereit. Aber die Hauptsache ist, daß sie für sich die Lebensfrage entschieden hat. Gott existiert ... ja ... Aber gibt es denn wirklich keinen anderen Ausweg, als nur den, ins Kloster zu gehen? Denn ins Kloster zu gehen bedeutet: dem Leben zu entsagen, es zu zerstören ...

Sofja Lwowna bekam ein wenig Angst; sie verbarg ihren Kopf unter dem Kissen.

»Daran darf man gar nicht denken«, flüsterte sie. »Daran darf man nicht ...«

Jagitsch ging im Nebenzimmer auf dem Teppich hin und her und dachte nach, wobei er leicht mit den Sporen klirrte. Sofja Lwowna kam der Gedanke, daß dieser Mensch ihr nur aus dem einen Grund nahe und lieb sei: Er hieß auch Wladimir. Sie richtete sich im Bett auf und rief zärtlich:

»Wolodja!«

»Was willst du?« erwiderte ihr Mann.

»Nichts.«

Sie legte sich wieder hin. Man hörte Glockengeläut, vielleicht waren es die Glocken des Klosters; wieder kamen ihr der Kirchenvorraum und die dunklen Gestalten in den Sinn, wieder geisterten Gedanken an Gott und an den unausweichlichen Tod in ihrem Kopf herum, und sie zog sich die Bettdecke über die Ohren, um das Glockengeläut nicht zu hören; sie malte sich aus, daß sich vor dem Alter und dem Tod noch ein langes, langes Leben hinziehen und sie tagaus, tagein die Nähe eines ungeliebten

Menschen würde hinnehmen müssen, der soeben ins Schlafzimmer gekommen war und sich nun schlafen legte; und sie würde in sich die hoffnungslose Liebe zu einem anderen, einem jüngeren, bezaubernden und, wie ihr schien, außergewöhnlichen Menschen unterdrücken. Sie sah zu ihrem Mann und wollte ihm eine gute Nacht wünschen, fing aber statt dessen plötzlich an zu weinen. Sie ärgerte sich über sich selbst.

»Na, geht das Theater wieder los!« sagte Jagitsch.

Sie beruhigte sich, aber erst spät, so gegen zehn Uhr morgens; sie weinte nicht mehr, und auch das Zittern am ganzen Körper hatte aufgehört, aber dafür setzten nun starke Kopfschmerzen ein. Jagitsch hatte es eilig, in die Mittagsmesse zu kommen, und knurrte den Offiziersburschen an, der ihm beim Ankleiden behilflich war. Er kam noch einmal ins Schlafzimmer, um etwas zu holen, wobei er ein wenig mit den Sporen klirrte, kam dann noch ein zweites Mal, jetzt bereits mit Epauletten und Orden, ganz leicht hinkend wegen seines Rheumatismus, und Sofja Lwowna schien, daß sein Gang und sein Blick etwas Raubtierhaftes hatten.

Sie hörte, wie Jagitsch telefonierte.

»Bitte verbinden Sie mich mit der Wassiljew-Kaserne!« sagte er; und nach einem Augenblick: »Ist dort die Wassiljew-Kaserne? Rufen Sie bitte Doktor Salimowitsch ans Telefon ...« Und nach einem weiteren Augenblick: »Mit wem spreche ich? Bist du's, Wolodja? Freut mich sehr. Mein Lieber, bitte doch deinen Vater, gleich zu uns zu kommen, meine Frau ist ganz schön angeschlagen nach dem gestrigen Abend. Nicht da, sagst du? Hm... Danke. Prima... zutiefst zu Dank verpflichtet... Merci.«

Jagitsch kam zum dritten Mal ins Schlafzimmer, beugte sich über seine Frau, bekreuzigte sie, hielt ihr seine Hand zum Kuß hin (Frauen, die ihn liebten, pflegten ihm die Hand zu küssen, daran hatte er sich bereits gewöhnt) und sagte, er sei zum Mittagessen zurück. Dann ging er.

Kurz nach elf meldete das Zimmermädchen, daß Wladimir Michailytsch gekommen sei. Sofja Lwowna, die vor Müdigkeit und Kopfschmerzen leicht schwankte, zog rasch ihren neuen wunderbaren fliederfarbenen, mit Fell besetzten Morgenrock an und kämmte sich flüchtig; in ihrem Herzen empfand sie eine unaussprechliche Zärtlichkeit und zitterte vor Freude, aber auch vor Furcht, er könnte gleich wieder gehen. Sie wollte ihn nur anschauen.

Wolodja der Kleine kam zu Besuch, wie es sich gehört: im Frack und mit weißer Krawatte. Als Sofja Lwowna den Salon betrat, küßte er ihr die Hand und bedauerte aufrichtig, daß sie nicht wohlauf sei. Dann, als sie sich setzten, lobte er ihren Morgenrock.

»Mich hat die gestrige Begegnung mit Olja ziemlich aufgewühlt«, sagte sie. »Zuerst hatte ich Angst, aber jetzt beneide ich sie. Sie ist wie ein unerschütterlicher, unverrückbarer Fels; aber gab es für sie wirklich keinen anderen Ausweg, Wolodja? Löst man wirklich die Lebensfrage, indem man sich lebendig begräbt? Denn das ist doch der Tod und kein Leben mehr.«

Bei dem Gedanken an Olja zeigte sich Rührung auf dem Gesicht von Wolodja dem Kleinen.

»Sie, Wolodja, Sie sind doch ein kluger Mensch«, sagte Sofja Lwowna, »bringen Sie mir bei, daß ich mich genauso verhalte wie Olja. Natürlich bin ich nicht gläubig und würde auch nicht ins Kloster gehen, aber man kann doch irgend etwas Vergleichbares tun. Mir fällt das Leben nicht leicht«, fuhr sie nach kurzem Schweigen fort. »Bringen Sie es mir bei ... Sagen sie mir irgend etwas Überzeugendes. Sagen Sie mir wenigstens ein Wort.«

»Irgendein Wort? Bitte schön: tararabumbija.«

»Wolodja, warum verachten Sie mich?« fragte sie erregt. »Sie sprechen mit mir in einem besonderen, verzeihen Sie, in einem angeberischen Ton, wie man mit Freunden und anständigen Frauen nicht spricht. Sie sind erfolgreich als Wissenschaftler, lieben die Wissenschaft, aber weshalb sprechen Sie nie mit mir über die Wissenschaft? Weshalb? Bin ich es nicht wert?«

Wolodja der Kleine verzog verärgert das Gesicht und sagte:

»Weshalb legen Sie plötzlich so einen Wert auf die Wissenschaft? Aber vielleicht wollen Sie ja etwas über die Verfassung hören? Oder darf es ein Sternhausen mit Meerrettich sein?«

»Nun gut, ich bin eine unbedeutende, minderwertige, prinzipienlose, beschränkte Frau ... Ich habe eine ganze Menge Fehler, bin eine Psychopathin, bin verdorben, und dafür muß man mich verachten. Aber Sie, Wolodja, Sie sind doch zehn Jahre älter als ich, und mein Mann ist dreißig Jahre älter. Ich bin unter Ihren Augen aufgewachsen, und wenn Sie nur wollten, dann könnten Sie alles aus mir machen, was Ihnen beliebt, sogar einen Engel. Aber Sie …« ihre Stimme zitterte, »Sie verhalten sich schrecklich mir gegenüber. Jagitsch hat mich geheiratet, als er schon älter war, aber Sie …«

»Nun ist es aber endlich genug«, sagte Wolodja, wobei er näherrückte und ihr beide Hände küßte. »Überlassen wir Schopenhauer das Philosophieren, soll er beweisen, was er will, wir aber werden diese Händchen küssen.«

»Sie verachten mich – wenn Sie wüßten, wie ich darunter leide!« sagte sie zögernd, da sie im voraus schon wußte, daß er ihr nicht glaubte. »Wenn Sie nur wüßten, wie gern ich mich verändern, ein neues Leben beginnen würde! Ich denke voller Enthusiasmus daran«, sagte sie und war tatsächlich vor Enthusiasmus zu Tränen gerührt. »Ein guter, ehrlicher, reiner Mensch zu sein, nicht zu lügen, ein Ziel im Leben zu haben.«

»Na, na, na, bitte zieren Sie sich nicht so! Das mag ich nicht!« sagte Wolodja, und sein Gesicht nahm einen eigenwilligen Ausdruck an. »Bei Gott, das ist ja bühnenreif. Wir wollen uns doch wie zivilisierte Menschen benehmen.«

Damit er sich nicht ärgerte und ging, begann sie

sich zu rechtfertigen, und um ihm zu gefallen, lächelte sie gezwungen und fing wieder an, von Olja zu reden und davon, wie gern sie ihre Lebensfrage, ein guter Mensch zu werden, lösen würde.

»Tara … ra … bumbija …« sang er halblaut. »Tara … ra … bumbija!«

Und unversehens faßte er sie um die Taille. Und sie, ohne zu wissen, was sie tat, legte ihm die Hände auf die Schultern und betrachtete einen Moment verzückt, wie berauscht, sein kluges, spöttisches Gesicht, seine Stirn, seine Augen, seinen wunderschönen Bart …

»Du weißt selbst schon seit langem, daß ich dich liebe«, gestand sie ihm und errötete peinlich und spürte, daß sich sogar ihre Lippen vor Scham krampfhaft verzogen. »Ich liebe dich. Weshalb quälst du mich?«

Sie schloß die Augen und küßte ihn heftig und lang auf den Mund, wohl eine Minute, war einfach nicht imstande, diesen Kuß zu beenden, obwohl sie wußte, daß das unanständig war, daß Wolodja sie deswegen womöglich verachtete, daß das Dienstmädchen hereinkommen könnte …

»Oh, wie du mich quälst!« wiederholte sie.

Als er eine halbe Stunde später, nachdem er bekommen hatte, was er brauchte, im Eßzimmer saß und einen Imbiß zu sich nahm, kniete sie vor ihm und blickte ihm gierig ins Gesicht, und er sagte zu ihr, sie gleiche einem Hündchen, das darauf wartet, daß man ihm ein Stückchen Schinken zuwirft. Dann setzte er sie sich aufs Knie, wiegte sie wie ein Kind und sang:

»Tara … rabumbija … Tara … rabumbija!«

Und als er sich anschickte zu gehen, fragte sie ihn mit leidenschaftlicher Stimme:

»Wann? Heute? Wo?«

Und sie streckte seinem Mund beide Hände entgegen, als wollte sie die Antwort selbst mit den Händen noch packen.

»Heute ist es kaum passend«, erwiderte er nach kurzem Überlegen. »Morgen vielleicht.«

Und sie gingen auseinander. Vor dem Mittagessen fuhr Sofja Lwowna ins Kloster zu Olja, aber dort sagte man ihr, daß Olja irgendwo bei einem Verstorbenen den Psalter lese. Vom Kloster fuhr sie zu ihrem Vater und traf auch ihn nicht zu Hause an, dann wechselte sie die Droschke und fuhr vollkommen ziellos durch Straßen und Gassen, und diese Spazierfahrt dauerte bis zum Abend. Und aus irgendeinem Grund kam ihr dabei jene Tante mit den verweinten Augen in den Sinn, die nicht zur Ruhe kommen konnte.

In der Nacht waren sie wieder mit der Troika unterwegs und lauschten in einem Vorstadtrestaurant den Zigeunern. Als sie erneut am Kloster vorbeifuhren, mußte Sofja Lwowna an Olja denken, und sie bekam Angst bei dem Gedanken, daß es für Mädchen und Frauen aus ihren Kreisen keinen anderen Ausweg gab, als immerzu mit der Troika in der Gegend herumzufahren und zu lügen oder ins Kloster zu gehen, um den Leib abzutöten … Am nächsten Tag kam es zu dem Rendezvous, und wieder fuhr Sofja Lwowna mit einer Droschke allein durch die Stadt und mußte an ihre Tante denken.

Nach einer Woche beendete Wolodja der Kleine die Beziehung zu Sofja Lwowna. Und danach nahm das Leben seinen früheren Gang, war genauso uninteressant, trostlos und manchmal sogar quälend. Der Oberst und Wolodja der Kleine spielten stundenlang Billard und Pikett, Rita gab geschmacklos und lässig ihre Witze zum besten, Sofja Lwowna war ständig mit der Droschke unterwegs und bat ihren Mann, sie mit der Troika spazierenzufahren.

Tagtäglich kam sie zu Olja ins Kloster, belästigte sie geradezu, indem sie sich bei ihr über ihre unerträglichen Leiden beklagte und weinte, wobei sie aber spürte, daß durch sie etwas Unreines, Erbärmliches und Schäbiges in die Klosterzelle eingekehrt war, und Olja antwortete ihr mechanisch, so wie man eine auswendig gelernte Lektion aufsagt, daß all das unbedeutend sei, alles vorbeigehe und Gott alles vergebe.

(Barbara Schaefer)

WEISSSTIRNCHEN

Die hungrige Wolfsmutter erhob sich, um auf die Jagd zu gehen. Ihre drei Jungen schliefen noch fest; dicht aneinandergekuschelt wärmten sie sich gegenseitig. Die Wölfin leckte sie und machte sich dann auf den Weg.

Es war zwar schon März – Frühlingsanfang; aber in den Nächten knarrten von der Kälte noch immer die Bäume wie im Dezember, und kaum streckte man die Zunge heraus, spürte man auch schon ein heftiges Prickeln. Die Wölfin war von schwacher Gesundheit und recht mißtrauisch; schon das kleinste Geräusch ließ sie zusammenzucken, und immerfort dachte sie, zu Hause könnte jemand den Wolfsjungen während ihrer Abwesenheit etwas antun. Der Geruch von Menschen- und Pferdespuren, die Baumstümpfe, Holzstapel und der dunkle, mistbestreute Weg erschreckten sie; ihr war, als stünden in der Dunkelheit hinter den Bäumen Menschen und als heulten irgendwo jenseits des Waldes Hunde.

Sie war nicht mehr die Jüngste, und ihre Witterung hatte nachgelassen; es konnte also geschehen, daß sie eine Fuchsspur für eine Hundespur hielt und manchmal sogar, von ihrer Witterung getäuscht, vom Weg abkam, was ihr in der Jugend nie passiert war. Aufgrund ihrer schwachen Gesundheit jagte sie – im

Gegensatz zu früher – keine Kälber und großen Hammel mehr, machte einen weiten Bogen um Pferde und Fohlen und ernährte sich nur von Kadavern; frisches Fleisch bekam sie sehr selten zu fressen, höchstens im Frühjahr, wenn sie mal auf eine Hasenmutter traf, der sie die Jungen wegschnappte, oder wenn sie bei den Bauern in einen Stall schlich, in dem Lämmer waren.

Ungefähr vier Werst von ihrem Lager entfernt stand an der Postroute eine Jagdhütte. Da wohnte der Wildhüter Ignat, ein alter Mann von etwa siebzig Jahren, der ständig hustete und Selbstgespräche führte; nachts schlief er gewöhnlich, und tagsüber strich er mit seiner Flinte im Wald herum und scheuchte mit Pfiffen die Hasen auf. Wahrscheinlich hatte er früher als Maschinist gearbeitet, denn jedesmal, bevor er stehenblieb, rief er: »Lokomotive, stop!«, und bevor er weiterging: »Volldampf!« In seiner Nähe war immer eine riesige schwarze Hündin von undefinierbarer Rasse mit Namen Arapka. Wenn sie zu weit vorauslief, dann rief er ihr zu: »Rückwärtsgang!« Manchmal trällerte er auch vor sich hin, wobei er ganz schön schwankte und häufig hinfiel (die Wölfin glaubte, das käme vom Wind), und dann rief er: »Entgleisung!«

Die Wölfin erinnerte sich, daß im Sommer und im Herbst neben der Jagdhütte ein Hammel und zwei junge Schafe geweidet hatten, und als sie unlängst dort vorbeigelaufen war, meinte sie im Stall ihr Blöken gehört zu haben. Und während sie jetzt auf die Jagdhütte zutrottete, fiel ihr ein, daß schon März war und im Stall also ganz bestimmt Lämmer sein mußten. Der Hunger plagte sie, und sie malte sich aus, wie gierig sie ein Lamm verschlingen würde, und bei diesem Gedanken schlug sie die Zähne aufeinander, und ihre Augen leuchteten in der Dunkelheit wie zwei Lichter.

Ignats Hütte, sein Schuppen, der Stall und auch der Brunnen waren von hohen Schneewehen umgeben. Es war still. Arapka schlief wahrscheinlich im Schuppen. Über eine Schneewehe gelangte die Wölfin auf den Stall und begann mit Pfoten und Schnauze das Strohdach aufzureißen. Das Stroh war faul und brüchig, so daß die Wölfin fast eingebrochen wäre; plötzlich stieg ihr die warme Stalluft und der Geruch von Mist und Schafsmilch in die Nase. Unten blökte leise ein Lämmchen, das den kühlen Luftzug spürte. Die Wölfin machte einen Satz durch das Loch und landete mit den Vorderpfoten und der Brust auf etwas Weichem und Warmem, wahrscheinlich auf dem Hammel, und in dem Augenblick begann im Stall plötzlich etwas zu winseln, zu bellen und mit einem feinen Stimmchen zu kläffen, die Schafe sprangen zur Wand zurück, und die erschrockene Wölfin schnappte sich, was ihr als erstes zwischen die Zähne kam und stürzte hinaus…

Sie rannte mit aller Kraft, während Arapka, die den Wolf bereits gewittert hatte, wütend heulte, die aufgescheuchten Hühner in der Jagdhütte gackerten und Ignat unter das Vordach hinaustrat und rief:

»Volldampf! Pfeifsignal!«

Er pfiff wie eine Lokomotive und rief dann: »Hohoho-ho!« Und dieser ganze Lärm kam als Echo aus dem Wald zurück.

Als es allmählich wieder still wurde, beruhigte sich die Wölfin ein wenig, und sie bemerkte, daß ihre Beute, die sie zwischen den Zähnen hielt und durch den Schnee schleifte, schwerer und offensichtlich auch fester war, als zu dieser Jahreszeit Lämmer zu sein pflegen; sie schien auch anders zu riechen und gab so seltsame Laute von sich… Die Wölfin blieb stehen und legte ihre Last in den Schnee, um sich eine Ruhepause zu gönnen und mit dem Fressen zu beginnen, plötzlich aber fuhr sie angeekelt zurück. Das war gar kein Lamm, sondern ein junger schwarzer Hund mit einem großen Kopf und langen Beinen, von großwüchsiger Rasse, und er hatte auch so einen weißen Fleck über der ganzen Stirn wie Arapka. Seinem Benehmen nach war er ein Flegel, ein einfacher Hofhund. Er leckte seinen geschundenen, verletzten Rücken, und als sei überhaupt nichts geschehen, wedelte er mit dem Schwanz und bellte die Wölfin an. Sie begann wie ein Hund zu knurren und lief von ihm weg. Er folgte ihr. Sie schaute sich um und schlug die Zähne aufeinander; er blieb verdutzt stehen, und nachdem er wohl zu dem Schluß gekommen war, daß sie mit ihm spielen wollte, reckte er die Schnauze Richtung Jagdhütte und fing laut und freudig an zu bellen, um seine Mutter Arapka zum Mitspielen aufzufordern.

Es wurde langsam hell, und als die Wölfin sich durch den dichten Espenwald den Weg nach Hause bahnte, war jeder einzelne Baum schon deutlich zu erkennen, die Birkhühner erwachten, und prächtige Birkhähne, von den unvorsichtigen Sprüngen und dem Gebell des jungen Hundes in ihrer Ruhe gestört, flatterten mehrmals auf.

Wieso läuft er nur hinter mir her? dachte die Wölfin ärgerlich. Anscheinend will er, daß ich ihn fresse.

Sie lebte mit ihren Jungen in einer nicht sehr tiefen Grube; vor etwa drei Jahren hatte ein heftiger Sturm eine hohe alte Kiefer entwurzelt, und so war diese Grube entstanden. Jetzt lagen dort überall altes Laub und Moos herum, aber auch Knochen und Stierhörner, womit die Wolfsjungen spielten. Alle drei – sie sahen sich sehr ähnlich – waren schon auf, standen nebeneinander am Grubenrand und schauten schwanzwedelnd der heimkehrenden Mutter entgegen. Als der junge Hund die drei erblickte, blieb er in einiger Entfernung vor ihnen stehen und schaute sie lange an; als er merkte, daß auch sie ihn aufmerksam beäugten, begann er sie grimmig anzubellen, als seien sie Fremde.

Inzwischen war es taghell, die Sonne war aufgegangen, ringsum glitzerte der Schnee; der Welpe aber stand immer noch in einiger Entfernung da und bellte. Die Wolfsjungen wurden von ihrer Mutter gesäugt und stießen ihr die Pfoten in den mageren Leib, während sie an einem weißen trockenen Pferdeknochen nagte; der Hunger plagte sie, und ihr brummte der Schädel von dem Hundegebell – am liebsten hätte sie sich auf den ungebetenen Gast gestürzt und ihn in Stücke zerrissen.

Schließlich wurde der Welpe müde und heiser; als er sah, daß man keine Angst vor ihm hatte, ja nicht einmal beachtete, kroch er, bald sich duckend, bald aufspringend, vorsichtig auf die Wolfsjungen zu. Jetzt, bei Tageslicht, konnte man ihn gut erkennen ... Seine weiße Stirn war groß und gewölbt – wie bei sehr dummen Hunden; seine kleinen blauen Augen waren trüb, und sein ganzer Gesichtsausdruck war außerordentlich dumm. Als er ganz nah an die Wolfsjungen herangekommen war, streckte er seine breiten Pfoten vor, legte die Schnauze darauf und fing an zu jaulen:

»Mnja, mnja ... nga-nga-nga!«

Die Wolfsjungen verstanden nichts, wedelten aber mit den Schwänzen. Da schlug der Welpe dem einen Wolfsjungen mit der Pfote auf den großen Kopf. Und das Wolfsjunge schlug ihm seinerseits mit der Pfote auf den Kopf. Der Welpe stellte sich seitlich vor den jungen Wolf, warf ihm einen schiefen Blick zu und wedelte mit dem Schwanz, dann sauste er plötzlich davon und drehte auf dem verharschten Schnee ein paar Runden. Die Wolfsjungen jagten ihm hinterher, er fiel auf den Rücken und streckte die Beine in die Luft; alle drei warfen sich auf ihn, und vor Begeisterung winselnd fingen sie an, ihn zu beißen, aber nur so zum Spaß, ohne ihm weh zu tun. Auf einer hohen Kiefer saßen Krähen und verfolgten sehr beunruhigt von oben die Balgerei. Es ging laut und lustig zu. Die Sonne stach schon wie mitten im Frühling, und die Birkhähne, die ab und zu über die vom Sturm entwurzelte Kiefer flogen, sahen im Glanz der Sonne smaragdgrün aus.

Gewöhnlich bringen Wolfsmütter ihren Jungen das Jagen bei, indem sie sie zunächst mit ihrer Beute spielen lassen; als die Wölfin sah, wie ihre Jungen dem Welpen durch den verharschten Schnee hinterherjagten und sich mit ihm balgten, dachte sie also:

Sollen sie es ruhig dabei lernen.

Nachdem sich die Wolfsjungen ausgetobt hatten, trotteten sie zu ihrer Grube zurück und legten sich schlafen. Der Welpe heulte noch ein wenig vor Hunger, dann streckte auch er sich in der Sonne aus. Als alle wieder wach waren, spielten sie weiter.

Den ganzen Tag und den ganzen Abend mußte die Wölfin daran denken, wie in der vergangenen Nacht im Stall das Lämmchen geblökt und wie es nach Schafsmilch gerochen hatte, und vor Appetit schlug sie immerzu die Zähne aufeinander und hörte nicht auf, gierig an dem alten Knochen herumzunagen, wobei sie sich vorstellte, es sei das Lämmchen. Die Wolfsjungen wurden gesäugt, der Welpe hingegen, der auch etwas zu fressen haben wollte, lief im Kreis herum und beschnupperte den Schnee.

Ich freß ihn doch ..., beschloß die Wölfin.

Sie lief zu ihm hin, doch er leckte ihr die Schnauze und fing an zu winseln, da er glaubte, sie wollte mit ihm spielen. Früher hatte sie Hundefleisch gefressen, aber der kleine Kläffer roch zu stark nach Hund, und bei ihrer schwachen Gesundheit konnte sie diesen Geruch nicht mehr ertragen; ihr wurde ganz übel davon, und sie suchte das Weite …

Zur Nacht hin wurde es kalt. Der junge Hund langweilte sich und trottete nach Hause.

Als die Wolfsjungen fest eingeschlafen waren, brach die Wölfin erneut zur Jagd auf. Genau wie in der vorigen Nacht beunruhigte sie das geringste Geräusch; Baumstümpfe, Holzstapel und dunkle, einzeln dastehende Wacholderbüsche, die von weitem wie Menschen aussahen, erschreckten sie. Sie lief am Wegrand entlang, durch den verharschten Schnee. Plötzlich tauchte weit vorne etwas Dunkles auf … Sie kniff die Augen zusammen und spitzte die Ohren: Tatsächlich, da vorne ging etwas, sogar die gleichmäßigen Schritte waren zu hören. Etwa ein Dachs? Vorsichtig, kaum atmend und sich immer am Rande haltend, überholte sie den dunklen Fleck, sah sich nach ihm um und erkannte ihn. Es war der junge Hund mit der weißen Stirn, der gemächlich zu seiner Jagdhütte zurücktrottete.

Wenn er mich bloß nicht wieder belästigt, dachte die Wölfin und lief schneller.

Aber die Jagdhütte war nicht mehr weit. Wieder kletterte die Wölfin über die Schneewehe auf den Stall. Das Loch von gestern war bereits mit Stroh vom Sommer geflickt, und über das Dach hatte man zwei neue Balken gelegt. Die Wölfin begann hastig mit Pfoten und Schnauze zu scharren, wobei sie sich ständig umschaute, ob nicht der junge Hund kam; aber kaum stiegen ihr die warme Stalluft und der Mistgeruch in die Nase, als hinter ihr auch schon ein freudiges, keckes Gebell ertönte. Der Welpe war wieder da. Er sprang zu der Wölfin aufs Dach, dann durch das Loch, und als er sich in der heimischen Wärme wieder geborgen fühlte und auch die Schafe erkannte, wurde sein Gebell noch lauter … Arapka erwachte im Schuppen, witterte den Wolf und heulte auf, die Hühner fingen an zu gackern, doch als Ignat mit seiner Flinte unterm Vordach erschien, hatte die erschrockene Wölfin bereits das Weite gesucht.

»Fjut!« pfiff Ignat. »Fjut! Mit Volldampf voraus!«

Er drückte ab – die Flinte versagte; er drückte noch einmal ab – wieder nichts; er versuchte es ein drittes Mal – und eine gewaltige Feuergarbe schoß aus dem Lauf, ein ohrenbetäubendes »Bumm! Bumm!« ertönte. Es gab einen kräftigen Rückstoß; dann machte er sich, die Flinte in der einen, ein Beil in der anderen Hand, auf die Suche nach der Ursache für den Lärm …

Kurz darauf kam er in die Hütte zurück.

»Was war los?« fragte mit heiserer Stimme der Pilger, der bei ihm übernachtete und den der Lärm aus dem Schlaf gerissen hatte.

»Nichts …« erwiderte Ignat. »Nicht der Rede wert. Unser Weißstirnchen hat sich angewöhnt, bei den Schafen im Warmen zu schlafen. Nur hat er noch nicht kapiert, daß er durch die Tür muß, er will unbedingt durchs Dach rein. Gestern nacht hat er

das Dach aufgerissen und ist abgehauen, der Spitz-
bub, und jetzt ist er zurückgekommen und hat wieder
das Dach aufgerissen.«

»So ein Dummkopf!«

»Ja, bei dem is’ wohl ’ne Schraube locker. Ich kann
Dummköpfe auf den Tod nicht ausstehen!« seufzte
Ignat und kletterte auf den Ofen. »Na, Gottesmann,
es is’ noch zu früh zum Aufstehen, laß uns noch ’ne
Runde schlafen mit Volldampf…«

Am Morgen aber rief er Weißstirnchen zu sich und
zog ihn heftig an den Ohren, dann bestrafte er ihn
mit der Rute und sagte in einem fort:

»Durch die Tür! Durch die Tür! Durch die Tür!«

(Barbara Schaefer)

VON DER LIEBE

Am nächsten Tag gab es zum Frühstück sehr leckere Pastetchen und gebratene Klößchen aus Krebs- und Hammelfleisch; und während sie aßen, kam der Koch Nikandor nach oben, um sich zu erkundigen, was die Gäste zum Mittagessen wünschten. Er war ein mittelgroßer Mann, mit aufgedunsenem Gesicht und kleinen Augen, er war rasiert, und es schien, als sei der Schnurrbart nicht abrasiert, sondern ausgezupft.

Aljochin erzählte, daß die schöne Pelageja in diesen Koch verliebt sei. Weil er aber ein Trinker und von gewalttätigem Charakter sei, wolle sie ihn nicht heiraten, sei jedoch einverstanden, so mit ihm zusammenzuleben. Er aber war sehr fromm, und seine religiösen Überzeugungen erlaubten ihm nicht, einfach so mit ihr zu leben; er forderte, daß sie ihn heiraten solle, und wollte anders nicht, und er beschimpfte sie, wenn er betrunken war, und schlug sie sogar. Wenn er betrunken war, versteckte sie sich im oberen Stockwerk und weinte, und Aljochin und die Dienerschaft verließen das Haus nicht, um sie zu beschützen, falls es notwendig sein sollte.

Sie begannen über die Liebe zu reden.

»Wie die Liebe entsteht«, sagte Aljochin, »warum sich Pelageja nicht in jemand anderen verliebt hat, der von seinem Charakter und seinem Äußeren besser zu ihr paßt, sondern sich ausgerechnet in Nikandor verliebt hat, diese Fratze – hier bei uns nennt man ihn ›die Fratze‹ –, wieweit in der Liebe Fragen des persönlichen Glücks wichtig sind – all das ist unbekannt, und all das kann man betrachten, wie man will. Bis heute ist über die Liebe nur eine unbestreitbare Wahrheit gesagt worden, und zwar folgende: ›Dies Geheimnis ist groß‹, alles übrige aber, was man über die Liebe geschrieben und gesagt hat, war keine Antwort, sondern lediglich das Stellen von Fragen, die dann unbeantwortet blieben. Eine Erklärung, die scheinbar für den einen Fall taugt, taugt für zehn andere schon nicht mehr, und meiner Meinung nach ist es das beste, jeden Fall einzeln zu erklären und nicht zu versuchen zu verallgemeinern. Man muß, wie die Mediziner sagen, jeden Einzelfall individualisieren.«

»Vollkommen richtig«, stimmte Burkin ihm zu.

»Wir Russen, anständige Leute, haben eine besondere Vorliebe für diese Fragen, die ohne Antwort bleiben. Gewöhnlich wird die Liebe poetisiert, mit Rosen und Nachtigallen geschmückt, wir aber, wir Russen, schmücken unsere Liebe mit diesen Schicksalsfragen und wählen dazu noch die uninteressantesten. In Moskau, als ich noch Student war, hatte ich eine Lebensgefährtin, eine liebenswerte Dame, die jedesmal, wenn ich sie in den Armen hielt, überlegte, wieviel ich ihr im Monat geben würde und wie teuer das Pfund Rindfleisch gerade war. So hören wir, wenn wir lieben, nicht auf, uns Fragen zu stellen: Ist es ehrenhaft oder nicht, ist es klug oder dumm, wohin wird diese Liebe führen und so weiter. Ich weiß nicht, ob das gut ist oder nicht, aber störend, unbefriedigend und aufreibend ist es, das weiß ich.«

Es sah ganz so aus, als wolle er etwas erzählen. Menschen, die einsam leben, haben immer etwas auf dem Herzen, das sie gerne jemandem erzählen würden. In der Stadt gehen die Junggesellen absichtlich ins Dampfbad oder ins Restaurant, nur um zu reden, und manchmal erzählen sie den Bademeistern oder den Kellnern sehr interessante Geschichten, auf dem Land aber schütten sie ihr Herz gewöhnlich den Gästen aus. Jetzt waren durch die Fenster ein grauer Himmel und regennasse Bäume zu sehen, bei solch einem Wetter konnte man nirgendwohin gehen, und es blieb ihnen nichts anderes übrig, als nur zu erzählen und zuzuhören.

»Ich lebe schon lange in Sofino und betreibe Landwirtschaft«, begann Aljochin, »seit ich die Universität verlassen habe. Meiner Erziehung nach verachte ich körperliche Arbeit, meiner Neigung nach bin ich ein Schreibtischmensch, aber als ich hierherkam, lag auf dem Landgut eine große Hypothek, und weil mein Vater sich zum Teil deshalb verschuldet hatte, weil er viel für meine Ausbildung aufgewendet hatte, beschloß ich, nicht von hier fortzugehen und so lange zu arbeiten, bis ich diese Hypothek abbezahlt hätte. Das beschloß ich und begann hier zu arbeiten, wie ich zugebe, nicht ohne einen gewissen Widerwillen. Der hiesige Boden gibt nicht viel her, und damit die Landwirtschaft kein Verlustgeschäft ist, muß man entweder die Arbeitskraft von Leibeigenen oder von Tagelöhnern, was fast dasselbe ist, nutzen oder die Wirtschaft nach Bauernart betreiben, das heißt, selber mit der ganzen Familie aufs Feld gehen. Einen Mittelweg gibt es nicht. Aber damals habe ich mich mit solchen Einzelheiten nicht beschäftigt. Ich habe keinen Flecken Erde in Ruhe gelassen, habe alle Bauern und Weiber aus den Nachbardörfern zusammengetrieben, bei mir wurde wie wild gearbeitet; ich habe auch selbst gepflügt, gesät, gemäht und mich dabei gelangweilt und voller Abscheu das Gesicht verzogen, wie eine Dorfkatze, die vor lauter Hunger im Gemüsegarten eine Gurke frißt; der ganze Körper tat mir weh, und ich schlief im Gehen. In der ersten Zeit schien mir, daß ich dieses Arbeitsleben leicht mit meinen kultivierten Gewohnheiten in Einklang bringen könnte; dafür mußte ich in meinem Leben nur, wie ich glaubte, eine bestimmte äußere Ordnung einhalten. Ich zog nach hier oben in die guten Zimmer und richtete es so ein, daß mir nach dem Frühstück und nach dem Mittagessen Kaffee mit Likör serviert wurde, und wenn ich mich ins Bett legte, dann las ich zum Einschlafen den ›Westnik Jewropy‹. Aber dann kam unser Geistlicher, Vater Iwan, und trank in einem Zug all meine Liköre aus; und der ›Westnik Jewropy‹ landete ebenfalls bei den Popentöchtern, denn im Sommer, besonders während der Mahd, schaffte ich es nicht mal bis in mein Bett und schlief in der Remise im Schlitten oder irgendwo in einer Waldhütte ein – und wie soll man da noch lesen? Nach und nach zog ich nach unten, fing an, in der Gesindeküche zu essen, und von all dem Luxus blieb mir nur die Dienerschaft, die schon bei meinem Vater gedient hatte und die zu entlassen mir weh täte.

In den ersten Jahren wurde ich hier zum Ehrenfriedensrichter gewählt. Ab und an mußte ich in die Stadt fahren, um an den Sitzungen des Plenums und des Kreisgerichts teilzunehmen, und das brachte mir Abwechslung. Wenn man hier zwei, drei Monate lebt ohne fortzukommen, vor allem im Winter, dann beginnt man schließlich, sich nach einem schwarzen Gehrock zu sehnen. Und im Kreisgericht gab es Gehröcke und Uniformen und Fräcke, alle waren Juristen, Leute mit guter Allgemeinbildung; man konnte sich mit jemandem unterhalten. Nach dem Schlafen im Schlitten, nach der Gesindeküche in einem Sessel zu sitzen, in sauberer Wäsche, in leichten Schuhen, mit einer Kette an der Brust – was ist das für ein Luxus!

In der Stadt wurde ich herzlich aufgenommen, und ich machte bereitwillig Bekanntschaften. Von allen Bekanntschaften die engste und, um ehrlich zu sein, die angenehmste war für mich die mit Luganowitsch, dem stellvertretenden Kreisgerichtsvorsitzenden. Sie kennen ihn beide: eine ausgenommen liebenswürdige Persönlichkeit. Das war gerade nach dem berühmten Prozeß gegen die Brandstifter; die gerichtliche Untersuchung hatte zwei Tage gedauert, und wir waren erschöpft. Luganowitsch sah mich an und sagte:

›Wissen Sie was? Lassen Sie uns zu mir zum Essen gehen.‹

Das kam unerwartet, denn mit Luganowitsch war ich kaum bekannt, nur dienstlich, und ich war noch kein einziges Mal bei ihm zu Hause gewesen. Ich ging nur kurz auf mein Hotelzimmer, um mich umzuziehen, und machte mich auf den Weg zum Essen. Dort bot sich mir dann Gelegenheit, Anna Aleksejewna kennenzulernen, Luganowitschs Frau. Damals war sie noch sehr jung, nicht älter als zweiundzwanzig, und ein halbes Jahr zuvor hatte sie das erste Kind bekommen. Lang, lang ist's her, und es fiele mir heute schwer, genau zu sagen, was eigentlich so ungewöhnlich an ihr war, was mir an ihr so gut gefiel, damals jedoch, beim Essen, war für mich alles unabweisbar klar. Ich sah eine junge Frau, eine wunderschöne, gutherzige, intelligente, bezaubernde Frau, wie ich sie nie zuvor getroffen hatte; und sofort fühlte ich in ihr ein nahes, längst vertrautes Wesen, als hätte ich dieses Gesicht, diese freundlichen, klugen Augen schon einmal in meiner Kindheit gesehen, in dem Album, das bei meiner Mutter auf der Kommode lag.

Im Prozeß gegen die Brandstifter wurden drei Juden schuldig gesprochen, als Bande eingestuft, und das meiner Meinung nach vollkommen unbegründet. Beim Mittagessen war ich sehr erregt, mir war schwer zumute, und ich weiß nicht mehr, was ich gesagt habe, nur Anna Aleksejewna schüttelte immer wieder den Kopf und fragte ihren Mann:

›Dmitri, wie kann das denn sein?‹

Luganowitsch ist ein guter Kerl, einer von diesen vertrauensseligen Leuten, die der festen Überzeugung sind, daß ein Mensch, wenn er vors Gericht kommt, auch schuldig ist und daß man seinen Zweifeln an der Richtigkeit eines Urteils nicht anders als auf dem Rechtsweg Ausdruck verleihen darf, schriftlich, aber auf keinen Fall beim Essen und nicht in einem Privatgespräch.

›Wir beide sind keine Brandstifter‹, sagte er sanft, ›und also verurteilt man uns auch nicht, steckt uns nicht ins Gefängnis.‹

Beide, Mann und Frau, nötigten mich, recht viel zu essen und zu trinken; aus einigen Kleinigkeiten, daraus zum Beispiel, wie die beiden zusammen Kaffee kochten, und daraus, wie sie sich fast ohne Worte verstanden, konnte ich schließen, daß sie friedlich und glücklich miteinander lebten und daß sie sich über ihren Gast freuten. Nach dem Essen spielten sie vierhändig auf dem Flügel, dann wurde es dunkel, und ich fuhr zu mir. Das war zu Beginn des Frühlings. Danach verbrachte ich den ganzen Sommer in Sofino ohne fortzukommen, und ich hatte keine Zeit, an die Stadt auch nur zu denken, aber die Erinnerung an die schlanke, blonde Frau verließ mich keinen Tag; ich dachte nicht an sie, aber es war, als würde ihr leichter Schatten über meiner Seele liegen.

Im Spätherbst wurde in der Stadt eine Wohltätigkeitsvorstellung gegeben. Ich komme in die Loge des Gouverneurs (man hatte mich in der Pause dorthin eingeladen) und sehe neben der Gattin des Gouverneurs Anna Aleksejewna, und wieder derselbe unabweisbare, überschäumende Eindruck ihrer Schönheit und der lieben, zärtlichen Augen, und wieder dasselbe Gefühl von Vertrautheit.

Wir saßen nebeneinander und gingen dann ins Foyer.

›Sie sind dünn geworden‹, sagte sie. ›Waren Sie krank?‹

›Ja, ich habe mir die Schulter verkühlt, und bei regnerischem Wetter schlafe ich schlecht.‹

›Sie sehen erschöpft aus. Damals im Frühjahr, als Sie zu uns zum Essen kamen, waren Sie jünger, munterer. Sie waren damals voller Begeisterung und haben viel geredet, Sie waren sehr interessant, und ich muß zugeben, daß ich mich sogar etwas in Sie verliebt hatte. Im Laufe des Sommers sind Sie mir häufig in den Sinn gekommen, und heute, als ich mich fürs Theater fertiggemacht habe, dachte ich, ich würde Sie dort sehen.‹

Und sie lachte.

›Aber heute sehen Sie erschöpft aus‹, wiederholte sie. ›Das macht Sie älter.‹

Am nächsten Tag frühstückte ich bei den Luganowitschs. Nach dem Frühstück fuhren sie zu ihrem Sommerhaus, um dort Vorkehrungen für den Winter zu treffen, und ich fuhr mit. Gemeinsam kehrten wir auch in die Stadt zurück, und um Mitternacht trank ich bei ihnen im trauten Familienkreis Tee, während der Kamin brannte und die junge Mutter immer wieder hinausging, um nachzusehen, ob ihr Töchterchen schläft. Danach war ich jedesmal, wenn ich in die Stadt kam, unbedingt bei den Luganowitschs. Man gewöhnte sich an mich, und ich gewöhnte mich an sie. Meistens kam ich unangemeldet, ganz als gehörte ich zur Familie.

›Wer ist da?‹ klang aus den entfernten Zimmern eine gedehnte Stimme, die ich so wunderbar fand.

›Es ist Pawel Konstantinytsch‹, antwortete das Zimmermädchen oder die Kinderfrau.

Anna Aleksejewna kam mit besorgtem Gesicht zu mir heraus und fragte jedesmal:

›Warum sind Sie so lange nicht hier gewesen? Ist etwas passiert?‹

Ihr Blick, die elegante, vornehme Hand, die sie mir reichte, ihr Hauskleid, die Frisur, die Stimme, ihre Schritte machten auf mich jedesmal den Eindruck von etwas Neuem, Ungewöhnlichem in meinem Leben und von etwas Wichtigem. Wir unterhielten uns lange und schwiegen lange, wobei jeder seinen Gedanken nachhing, oder sie spielte mir auf dem Flügel vor. Wenn aber niemand zu Hause war, dann blieb ich und wartete, unterhielt mich mit der Kinderfrau, spielte mit dem Kind oder legte mich im Kabinett auf den türkischen Diwan und las Zeitung, und wenn Anna Aleksejewna zurückkam, dann begrüßte ich sie im Vorzimmer, nahm ihr die Einkäufe ab und trug diese Einkäufe aus irgendeinem

Grund jedesmal mit solch einer Liebe, mit solch einem Gefühl des Triumphes, genau wie ein kleiner Junge.

Es gibt ein Sprichwort: Hat die Frau keine Sorgen, so kauft sie sich ein Ferkel. Hatten die Luganowitschs keine Sorgen, so freundeten sie sich mit mir an. Wenn ich lange nicht in die Stadt kam, dann bedeutete das, daß ich krank war oder mir irgend etwas passiert war, und sie machten sich beide große Sorgen. Sie machten sich Sorgen, weil ich, ein gebildeter Mann, der mehrere Sprachen beherrschte, statt sich mit der Wissenschaft oder einer literarischen Tätigkeit zu beschäftigen, auf dem Land lebte, mich wie ein Hamster im Rädchen drehte, viel arbeitete, und doch immer ohne einen Groschen in der Tasche dastand. Sie glaubten, ich würde leiden, und wenn ich redete, lachte, aß, dann nur um mein Leid zu verbergen; und sogar in fröhlichen Momenten, wenn es mir gutging, spürte ich ihre prüfenden Blicke. Besonders rührend waren sie, wenn es mir wirklich schlecht ging, wenn mich ein Gläubiger bedrängte oder das Geld für eine dringende Zahlung nicht reichte; beide, Mann und Frau, flüsterten am Fenster, dann kam er zu mir und sprach mit ernstem Gesicht:

›Wenn Sie, Pawel Konstantinytsch, gegenwärtig Geld benötigen, dann bitten meine Frau und ich Sie, sich nicht zu genieren und sich etwas von uns zu leihen.‹

Und vor Aufregung wurden seine Ohren ganz rot. Und es konnte passieren, daß er genauso, nachdem sie am Fenster miteinander geflüstert hatten, mit roten Ohren zu mir kam und sagte:

›Meine Frau und ich bitten Sie inständig, dieses Geschenk von uns anzunehmen.‹

Und er überreichte mir Manschettenknöpfe, ein Zigarettenetui oder eine Lampe; und ich schickte ihnen dafür aus meinem Dorf geschlachtetes Geflügel, Butter und Blumen. Übrigens waren sie beide wohlhabende Leute. In der ersten Zeit lieh ich mir häufig Geld und war dabei nicht besonders wählerisch, lieh es mir, wo ich nur konnte; aber keine Macht der Welt hätte mich dazu bringen können, mir bei den Luganowitschs etwas zu leihen. Das versteht sich ja wohl von selbst!

Ich war unglücklich. Zu Hause, auf dem Feld, in der Scheune, überall dachte ich an sie und versuchte, das Geheimnis dieser jungen, schönen, klugen Frau zu begreifen, die einen uninteressanten Mann, fast einen Alten (ihr Mann war über Vierzig) heiratet, Kinder von ihm hat – und versuchte, das Geheimnis dieses uninteressanten Manns zu begreifen, dieses guten Kerls, dieses Einfaltspinsels, der mit so langweiligem gesunden Menschenverstand urteilt, sich auf Bällen und Abendgesellschaften an die soliden Leute hält, träge und überflüssig, mit einem ergebenen, teilnahmslosen Gesichtsausdruck, als habe man ihn hergeführt, um ihn zu verkaufen, der jedoch an sein Recht glaubt, glücklich zu sein, Kinder von ihr zu haben. Und ich versuchte immer wieder zu begreifen, warum sie ausgerechnet ihn getroffen hatte und nicht mich und wofür es gut war, daß in unserem Leben ein so schrecklicher Fehler geschehen war.

Wenn ich in die Stadt kam, dann sah ich jedesmal in ihren Augen, daß sie auf mich gewartet hatte; und sie gab mir gegenüber selbst zu, daß sie schon seit dem Morgen so ein besonderes Gefühl gehabt habe, sie ahnte immer, wann ich kam. Wir redeten lange, schwiegen, aber gestanden uns nicht unsere Liebe und verbargen sie schüchtern und eifersüchtig. Wir fürchteten uns vor allem, was uns selbst unser Geheimnis hätte enthüllen können. Ich liebte zärtlich und tief, aber ich machte mir Gedanken, ich fragte mich, wohin unsere Liebe führen würde, wenn wir nicht genug Kraft hätten, um gegen sie anzukämpfen; mir erschien es ungeheuerlich, daß meine stille, traurige Liebe plötzlich den glücklichen Gang des Lebens ihres Mannes, der Kinder und dieses ganzen Hauses, wo man mich so liebte und mir so vertraute, grob unterbrechen könnte. War das ehrenhaft? Sie würde mit mir kommen, doch wohin? Wohin könnte ich sie bringen? Es wäre etwas anderes, wenn ich ein schönes, interessantes Leben hätte, wenn ich zum Beispiel für die Befreiung der Heimat kämpfen würde oder ein bekannter Gelehrter, Schauspieler oder Künstler wäre, so aber müßte ich sie aus einer gewöhnlichen, alltäglichen Umgebung in eine ebensolche, wenn nicht noch alltäglichere bringen. Und wie lange würde unser Glück dauern? Was würde aus ihr im Falle meiner Krankheit, meines Todes oder wenn unsere Liebe einfach endete?

Und sie dachte allem Anschein nach ähnlich. Sie dachte an ihren Mann, an die Kinder und an ihre Mutter, die den Mann ihrer Tochter wie einen Sohn liebte. Wenn sie sich ihrem Gefühl überlassen würde, dann müßte sie lügen oder die Wahrheit sagen, und in ihrer Lage war das eine wie das andere gleichermaßen schrecklich und unangenehm. Und sie quälte die Frage: Würde ihre Liebe mir Glück bringen, würde sie mein Leben, das ohnehin schwer und voller Unglück war, nicht noch schwieriger machen? Sie glaubte, daß sie nicht mehr jung genug für mich sei, nicht tatkräftig und energisch genug, um ein neues Leben zu beginnen, und sie sprach häufig mit ihrem Mann darüber, daß ich ein kluges, rechtschaffenes Mädchen heiraten müsse, das eine gute Hausfrau und Helferin sei – fügte aber sofort hinzu, daß sich in der ganzen Stadt wohl kaum ein solches Mädchen finden würde.

Unterdessen vergingen die Jahre. Anna Aleksejewna hatte bereits zwei Kinder. Wenn ich zu den Luganowitschs kam, lächelten die Dienstboten freundlich, die Kinder riefen, daß Onkel Pawel Konstantinytsch gekommen sei, und hängten sich an meinen Hals; alle freuten sich. Sie begriffen nicht, was in meinem Herzen vorging, und dachten, daß auch ich mich freuen würde. Alle sahen in mir ein edles Wesen. Sowohl die Erwachsenen als auch die Kinder spürten, daß durch die Zimmer ein edles Wesen ging, und das gab ihrer Beziehung zu mir einen besonderen Zauber, so als sei ihr Leben in meiner Gegenwart reiner und schöner. Anna Aleksejewna und ich gingen zusammen ins Theater, jedesmal zu Fuß; wir saßen im Parkett nebeneinander, unsere Schultern berührten sich, ich nahm schweigend das Opernglas aus ihrer Hand und fühlte die ganze Zeit, daß sie mir nahe war, daß sie mein war, daß wir ohne einander nicht leben konnten. Doch irgendein seltsames Mißverständnis führte dazu, daß wir uns jedesmal, wenn wir das Theater verließen, verabschiedeten und auseinandergingen wie Fremde. In der Stadt wurde über uns schon Gott weiß was erzählt, aber von dem, was man erzählte, war kein einziges Wort wahr.

In den letzten Jahren begann Anna Aleksejewna häufiger mal zu ihrer Mutter, mal zu ihrer Schwester zu fahren; sie hatte schon regelmäßig schlechte Laune, und ihr wurde bewußt, wie unbefriedigt, wie verpfuscht ihr Leben war; dann wollte sie weder Mann noch Kinder sehen. Sie ließ sich wegen der Zerrüttung ihrer Nerven schon ärztlich behandeln.

Wir schwiegen und schwiegen immer weiter, und vor Fremden empfand sie mir gegenüber eine eigenartige Gereiztheit; worüber auch immer ich sprach, sie stimmte mir nicht zu, und wenn ich mich stritt, dann ergriff sie für meinen Gegner Partei. Wenn ich etwas fallenließ, dann sagte sie kalt:

›Herzlichen Glückwunsch.‹

Wenn ich beim Theaterbesuch das Opernglas vergaß, dann sagte sie später:

›Das habe ich gewußt, daß Sie es vergessen würden.‹

Glücklicherweise oder unglücklicherweise gibt es in unserem Leben nichts, was nicht früher oder später enden würde. Die Zeit der Trennung kam, denn Luganowitsch wurde in einem westlichen Gouvernement zum Vorsitzenden ernannt. Alle Möbel, die Pferde, das Sommerhaus mußten verkauft werden. Als wir zum Sommerhaus fuhren und uns dann, schon auf dem Rückweg, umblickten, um einen letzten Blick auf den Garten und das grüne Dach zu werfen, da war allen traurig zumute, und mir wurde klar, daß der Augenblick gekommen war, nicht nur vom Sommerhaus Abschied zu nehmen. Es war beschlossen worden, daß wir Anna Aleksejewna Ende August zum Zug auf die Krim bringen würden, wohin sie die Ärzte schickten, und daß Luganowitsch etwas später mit den Kindern in sein westliches Gouvernement fahren sollte.

Wir brachten Anna Aleksejewna mit großem Gefolge zur Bahn. Als sie sich von ihrem Mann und ihren Kindern bereits verabschiedet hatte und es bis zum dritten Läuten nur noch ein Moment war, rannte ich zu ihr ins Abteil, um noch einen ihrer Körbe, den sie fast vergessen hätte, auf die Ablage zu stellen; und ich mußte mich von ihr verabschieden. Als sich hier im Abteil unsere Blicke trafen, verließen uns beide die moralischen Kräfte, ich umarmte sie, sie drückte ihr Gesicht an meine Brust, und Tränen flossen aus ihren Augen; als ich ihr Gesicht küßte, die Schultern, die Hände, feucht von den Tränen – oh, was waren wir beide unglücklich! –, da gestand ich ihr meine Liebe und begriff mit einem brennenden Schmerz im Herzen, wie unnötig, kleinlich und wie trügerisch all das gewesen war, was uns daran gehindert hatte zu lieben. Ich begriff, daß man, wenn man liebt, bei seinen Gedanken über diese Liebe von etwas Höherem, von etwas Wichtigerem ausgehen muß als Glück oder Unglück, Sünde oder Tugend im gängigen Sinne, oder man braucht überhaupt nicht zu denken.

Ich küßte sie zum letzten Mal, drückte ihr die Hand, und wir trennten uns – für immer. Der Zug fuhr bereits. Ich setzte mich ins Nachbarabteil – es war leer – und saß dort bis zur nächsten Station und weinte. Dann ging ich zu Fuß zu mir nach Hause nach Sofino ...«

Während Aljochin erzählt hatte, hatte der Regen aufgehört, und die Sonne war hervorgekommen. Burkin und Iwan Iwanytsch gingen auf den Balkon hinaus; von dort hatte man einen wunderbaren Blick auf den Garten und den Wehrteich, der jetzt in der Sonne glänzte wie ein Spiegel. Sie erfreuten sich an dem Anblick und bedauerten zugleich, daß dieser Mann mit den guten, klugen Augen, der ihnen so offenherzig erzählt hatte, sich hier auf dem riesigen Gutshof tatsächlich wie ein Hamster im Rädchen drehte und sich nicht mit der Wissenschaft beschäftigte oder mit etwas anderem, das ihm das Leben angenehmer machen würde; und sie dachten daran, was für ein betrübtes Gesicht die junge Dame wohl hatte, als er sich im Abteil von ihr verabschiedete und ihr

Gesicht und Schultern küßte. Beide waren ihr in der Stadt begegnet, und Burkin war sogar mit ihr bekannt und fand sie schön.

(Ulrike Lange)